JN061390

「重層的非決定」
吉本隆明の最終マナー

鷲田小彌太
washida koyata

言視舎

まえがき

1　吉本隆明（1924＝大14～2012＝平24）は、20～21世紀最大の思想家（＝哲学者）である。国内外を問わない。わたしも最大かつ無二の恩恵を受けた一人だ。その吉本さんに、「新稿」を加え、氏の「最後の言葉」とでもいうべき「決算書」（＝本書）を提出することができた。そう思える。幸いだ。

新稿の結構は、「非常時」の思考（「狼が来た！」）に陥らない、どんな災禍にあっても「常態」を失わない思考方式《マナー》を提示するものだ。

この思考法（常識）を哲学の中心においたのは、デービッド・ヒューム（英　1911－76）である。ヒュームは、いかなる変事を前にしても、彼の思考マナーを変えなかった。「狼少年」ジャン＝ジャック・ルソー（仏　1712－78）の「敵」である。

2　わたしの最終「仕事」（著述）とみなしているのが『三宅雪嶺　異例の哲学』だ。

その雪嶺こそ、ヒュームの思考を摂取した稀な日本人である。ところが、晩年、「非常時」の思考に陥り、「日米戦争やるべし！」へと、全言論活動を傾ける。

雪嶺は、陸羯南《くがかつなん》とともに、大日本帝国憲法（立君民主政体）の成立（明22）を以て、「日本人ははじめて真の日本人になった」（なる契機をえた）、と宣したのだ。すごい《ワンダフル》！

ところが雪嶺は、民主政体は「平時」の機関だ。実に無駄の多い、とくに議会は「おしゃべりの機関」に堕したと断じ、満州事変と5・15事件（軍部テロ　昭7）を「非常時」の開始、2・26事件（軍事クーデタ　昭12）を「非常時の非常時」、すなわち新体制＝国家社会主義とし、日支事変から日米開戦を非常時の「解決コース」ととらえる。「後戻り不可能な思考」に陥ったのだ。

３　吉本の最終思考法《マナー》である「重層的非決定」は何を語るか。

ほかでもない「後戻り可能」な思考法だ。どんな危機、非常事に陥っても、リターン可能かつ解決可能な道はあるとする、「未来」に開かれた思考のことだ。

だから「未曾有」で「前代未聞」な「事変」は存在しないという前提に立ち、解決の道を見いだそうという、ステップ・バイ・ステップでゆく、「開かれた思考法」だ。その思考原理が「多数の決」（デモクラシイ）である。「みんなで渡れば怖くない」や「朝令暮改」である。「試行錯誤」だ。

何か、無責任でつまらないことをいっているように聞こえるだろう。そうではない、ということを三つの事例、「コロナを開く」「原発を開く」「国を開く」で、「非常時」がお好きな「言説」に「否！」の原理（プリンスプル）を明示しよう。

２０２０年10月28日　鷲田小彌太

「重層的非決定」　吉本隆明の最終マナー　目次

0　「非常時」の思考に足を掬われるな

0・0▼「自立」の思考者《フリー・シンカー》——吉本隆明

吉本隆明は、熱い思考者だった。「激語！」を発することをためらわなかった。魅力の一つだ。その吉本が、「非常時」の思考に、戦時も敗戦直後も、すなわち「非常時中の非常時」に足を掬われた。だが、「1」で示すとおり、自分の足で起ちあがり、立て直した。硬直していなかったからだ。稀なケースだ。

なぜそんなことが可能だったのか。時代の転換・画期に敏感で、どんな問題を論じようと、旧態然とした定型思考を乗り越えることを躊躇しなかったからだ。だからつぎつぎと、吉本信奉者をされ振りきる仕儀になった。

吉本の思考の核心にあったのは、何をどのように論じようと、「関係の第一次性」という哲学原理（＝解読法）をもちえたからだ。もちろん、吉本にも躓くことはあったし、「情況」が吉本の持論をのりこえることもあった。しかし、そのつど、吉本は、猟犬のように鋭敏な鼻をきかせ、強靱な思考力を駆使して、時代のトップランナーに躍り出た。日本だけじゃない。残念ながらその基本文献さえ英訳さえされていないので、広く世界に知れわたってはいないが。

「序」で最新の時論をとりあげる。仕上げは、吉本の最終思考マナー、「重層的非決定」（概要は1・1参照）に集約することができる。

0・1▼「インフルエンザ」を「開く」――「非常時」だ！ 「新型コロナ」だ！ 「自粛」だ！

0・1・1▼「新型コロナ」だ！ 「未曾有」の事態に直面している!?

この「わたし」の「生命」が、「人類」の「生存」が、「危機」に曝《さらさ》れている！ それも未曾有の危機だ！

こういう「声」が、二〇二〇年二月から、大小にかかわらず、あなたの「外」から、そしてその「外」に呼応するように「内」から響きわたって来ていないだろうか?! とくにマスメディアから、あるいはツイッター等を通じてだ。中央政府・自治体さえ追随・合唱してだ。

まず、わたしなら、こう答える。
1　新型コロナは、「未曾有《みぞう》の危機」ではない。そもそも「未曾有の危機」などというものは、「表現」としては存在するが、「誇張」としてであって、厳密には、「存在」しない。
どうして、新型コロナは、誰が、どんな理由で、「未曾有の危機」と判定できる、といえるの？
2　「未曾有」は「形容詞」である。『日本沈没！』（小松左京）や『油断！』（堺屋太一）のように、「要注意！」を喚起する「言葉」で、多くは「創作」なのだ。
もちろん、創作を否定したいのではない。「公害」が「日本」を、「人類」を、「生物」を死滅に導くという、誤った理由に基づいて、誤った方向へ人々を導く、「やらせ」まがいのエッセイ集『鯨の死滅する日』（大江健三郎）の類を否定するためだ。「新型コロナは未曾有の危機だ！」も、その同類だ。
3　さらに、新型コロナは、「通常の危機」ですらない。（正確には、「いまのところ」という断り書きが必要だが。「未来」は未決定で、来てみなければ確定できない、来てみても不確定な部分が残る、という意味でだ。）なぜか？
新型コロナは、季節性（通常）インフルエンザと比べて、「危機」と呼びうるのか、と疑問符をつけてみればすぐわかる。
・新型コロナは、現在（20年9月12日　朝日新聞）、
感染者　日本7万4791人（前日比プラス664人）　世界2817万人（プラス31万人）

死者　日本　１４２８人（前日比プラス９人）　世界　91万人（プラス６千人）

「未曾有」か⁉　すごい数だって⁈　まったくそんなことはない。

・季節性インフルエンザと比較しよう。

日本の季節性インフルエンザ　２０１９(９／２～)／20(～４／６)年（国立感染研究所　推定）

感染者　７３０万人（前季比マイナス４７０万人）　死者７０００人（推定）

＊例年のインフルエンザの国内感染者平均は、約１０００万人、死亡者平均は１０００人（推定）。

＊＊ただし、直接的及び間接的にインフルエンザの流行によって生じた死亡を推計する関連死（「超過死亡概念」）がある。これによると、インフルエンザによる年間死亡者は、推計、世界で約25～50万人、日本で約１万人にのぼると推計される。

４　ましてや、第一次世界大戦後に猛威を振るった、いわゆる「スペイン風邪」といわれた新型インフルエンザ（第１～３次　１９１８～19年）と比較してみたらいい。

あくまでも「推定」で、感染者約５～６億人（世界人口の３割）、死者数は１７００万～１億人（アメリカ50万人）と幅がある。が、いずれにしても凄まじい威力であり、猛威を振るった。

日本でも感染者数が２３８０万人（人口５５００万の40％以上）、死者39万人とされる。恐るべき数だ。異常だ！

だがこの「スペイン風邪」でも、「想定外」ではあっても、「未曾有」ではない（とわたしは推断する）。そして注目すべきは、新型インフルエンザは、およそ一〇年周期に、大流行していることだ。一九五七年アジア風邪、六八〜六九年ホンコン風邪、七七〜七八年ソ連風邪などである。

もちろん、新型コロナは「取るに足らない！　無視していい！」などといいたいのではない。「新型」だから、「びっくりした！」ではあるが、必要なのはまず「冷静」に判断し対処することだ。「驚く」のはいいが、「驚天動地」に陥らないことだ。

5「新型インフルエンザ」のほとんど（？）は、「未知型」への遭遇から、数年で「既知型」へ、そして「通常型」へ転位してゆく。

憶えているだろうか？　一〇年余前のことだ。二〇〇九年、世界同時金融危機を招いた「リーマンショック」を忘れることはできない（だろう）。だが、同じ年の五月、WHO（国連世界保健機構）が新型（H1N1）インフルエンザ「パンデミック」（感染爆発）宣言した後に生じた「パニック」のことだ。ほとんど記憶から消えてしまっているのではないだろうか。

このパニックには前哨戦があった。WHOが、四月末、メキシコやアメリカで豚インフルエンザ感染が起こり、相当数の死者が出た、と報告。自民党政権、麻生首相・舛添厚生相は、「水際作戦」（航空機検温、空港内検疫の徹底）を宣言、これにメディアが過剰反応した。この騒ぎは五月末にはいったん沈静化する。だが新型インフルエンザの本格流行は、六月WHOがパンデミック（フェーズ6）を宣言した後に生じた。

翌一〇年三月末（沈静化宣言）までの一年間、（通常＋新型）インフルエンザ感染者2000万人、入院患者18000人、死者198人で、通常年より、感染者で1000万人プラス、死者で

８００人マイナスであった。

重要なのは、この新型インフルエンザが、二年後の二〇一一年四月以降、ワクチンも備わり、法的にも「通常」の季節性インフルエンザに分類されるようになったことだ。

ここで記憶にとどめておくべきは、新型インフルエンザの発生で、国や自治体が「過剰」に反応し、「誤った」対応をとり、さらにさらにメディアが「空騒ぎ」を増幅させたことだ。ために冷静な医療対策に支障を来し、国民生活と経済活動にパニックをもたらしたことだ。この点で、新型コロナ「パニック」も同じである。

さらに加えれば、麻生自民党政権は、新型インフルエンザ対策を謬り、反自民＝民主党政権に席を譲る契機を与えたことだ。その民主党政権が、どんな顛末を招いたかも、忘れることが出来ない。
６　「新型コロナ」パニックのようなケースは、何度も何度も生起した。その都度、日本人、否、人類は「過剰」ときには「過小」に反応してきた。「懲りない」な、とつくづく思える。これはたんなる嘆息ではない。人間とは、大小にかかわらず、「パニック」に弱い、という「前提」に立つ必要がある、ということだ。
ドンピシャリの例がある。「中東第X次戦争勃発！」↓「油断！」（石油がやってこない！）↓エネルギー源・石油原料材が断たれる↓冷暖房がストップ・トイレットペーパー「不足」↓生活必需品不足・買い占め、という「短絡」思考は、分かっていても止められない。

石油危機（オイルショック）パニックが、一九七〇年代に二度も発生し、経済活動ばかりでなく、社会生活全般に大空騒ぎ・大混乱を招いた。同様なことが、「新型コロナ」で起こった。現に起こっている。「コロナは怖い！」「コロナは封鎖・撲滅しなければならない！」と同様なことが、これまでも、これからも、起こる。

では、どうしようもないか？　お手上げか？　そんなことはない。

警告1　「未曾有！」や「非常時」などという言葉を、ひとまずは、あなたの、君たちの言葉から消去することを奨めたい。簡単だろうか⁉　「ところが⁉」である。

0・1・2▼チャイナ（武漢）の「流行」と「都市封鎖」が「凄絶！」だった

0　一月二三日、チャイナ（中国）の武漢（総面積8494平方キロ、人口1000万）が、突如「封鎖」された。問答無用、「新型コロナ」を絶滅するという名の下に、「非常時」には「人命と財」はもとより「私権」を根幹から否定する、文字通り、国家権力の暴力装置、武装した警察と軍が有無をいわせぬ形で、発動された。武漢市は、市政府も含め、市民の生活・経済・言論活動等が「完全」封鎖された。封鎖は、二カ月、三月二三日まで続く。かくして、チャイナ政府はコロナ「絶滅」を宣言する。

1　なぜこのような「強行」（「蛮行」）が許されるのか。

理由は、「新型コロナ」は「未曾有の疫病」であり、まさに「非常時」だからだ。「他所」への感染は許されない、だ。

これを「封鎖」し、「絶滅」するのは、チャイナ政府と国民の崇高な「義務」だ。しかも「国法」に適う行為だ。不満、違反、反抗さえも許されない。「非常時」なのだ。都市封鎖であろうが、「反政府」的な言・動に対するどのような弾圧であろうが、無条件に許容される。「ならぬといったら、ならぬ！」であった

2　なぜ、チャイナ政府がチャイナ国民に対し、このような強圧・蛮行が許されるのか？　理由は明々白々。

チャイナが（旧ソ連と同じ）共産党独裁の国家社会主義（state socialism）だからだ。

「国家社会主義」といっても、等しく同じではない。戦前日本の「国家社会主義」（軍・官僚独裁）やドイツ国家社会主義（ナチ独裁）のもとでさえ、基幹産業は、「満鉄」がそうであったように、「民有国営」が基本であった。「私権」（基本的人権）は、「非常時中の非常時」（敗戦直前）においてさえ、「制限」はされたが、厳然と存在した。自国内の移動は自由であり、「都市封鎖」など想定外であった。

日独いずれでも、「わたしの生命とわたしの財産はわたしのもの」という「基本的人権」の根幹＝私有権は否定されなかった。（ドイツでさえ、ユダヤ人は「大量虐殺《ホロコースト》」の対象になったが、ドイツ国内の自治体が「封鎖」されることはなかった。）

チャイナの「国法」は、「市民の基本的人権」として「わたしの命と財産はわたしのもの」とい

う「私有権」を認める。だが、その「市民権」はつねに社会主義的基本権に抵触しないことを前提としている。だから「武漢封鎖」は、「市民の基本的人権」を破壊するが、チャイナ社会主義体制を維持するために必要な措置であるとした。「封鎖」は「非常時」＝「新型コロナ」＝「国難」の不可避な解決策である、がチャイナ国家社会主義の素顔である。

同じ弾圧は、チベット自治区やウイグル自治区における反政府勢力の弾圧でも、繰り返し行なわれてきた。違うのは、「武漢封鎖」を世界中の人々が「メディア」を通じて、短期間であれ、切れ切れであれ、生々しく垣間見ることができたことにある。まさに「仰天！」であった。

同時に、「非常時」だ。パンデミック時には、チャイナとは異なるが、「自粛」はもとより（ヴェネチアのような）「都市封鎖」があって「当然」、という空気が生まれたといえる。

3 「新型コロナ」は「未解明」という意味で「未知」だ。しかし「未曾有」ではない。重視すべきは、次の点だ。

チャイナの武漢封鎖は、「新型コロナの絶滅＝感染者絶滅《ゼロ》」をめざした。だが、その「目標」も「方法」も完全に間違っている。こう断言していい。なぜか？

「新型コロナは『超』インフルエンザだ！」は謬見だからだ。

「新型コロナ」は未知の侵略者だ。ワクチンもない。「封じ込め」以外にない。「自粛」強制はもちろん「隔離」も当然だ。これが正解に思えるだろう。だが、既に述べたように、謬見である。

4 重要なのは、「最悪事態」を予想して「対策」を立てる、「想定外」は許されない、ではない。

①一方でチャイナ方式（都市封鎖）のように、「感染者」を「隔離」し「撲滅」する。

②他方で、日本をはじめ多くの国が取っているように、経済活動を含む個人と社会生活を「制限・自粛」する。もちろん新型コロナの「封鎖」を目指してだ。

だが①も②も、「絶滅」を目指している。強・弱の違いはあるが、間違っている点では同じだ。そして、あえていえば、経済活動を「制限」しないスウェーデン方式といえども、新方式ではなく、②の変型といえる。

なぜか？　原理的にいえば、インフルエンザ・ウイルスは、新型であろうが通常型であろうが、「死滅」しないからだ。しかも新型コロナにかぎらず新型インフルエンザはつぎつぎに登場する。

ただその都度、ワクチンを含む治療法・対処法が判明すると、長短の違いはあるが、通常型の季節性インフルエンザに「分類」されるようになる。だから、でこぼこはあるが、インフルエンザの感染者数も死者数も、他の疾患に比べ、一名「スペイン風邪」のように猛威を振るい、甚大な被害をもたらすことはあっても、感染者数は多いが、死者は多くならない。こういっていい。

問題は、インフルエンザがやっかいなのは、ウイルスという奇妙な存在性格にある。

0・1・3▼ウイルスとは何ものか？

1　DNAの世紀　ウイルスは生物か？

ウイルスは単細胞生物よりずっと小さい。ウイルスを「見る」ことができるようになったのは、一九二〇年代で、電子顕微鏡が開発されてからだ。細菌学の創始者コッホはもちろん野口英世も、ウイルスを知ることはなかった。

このウイルス（virus　わたしの世代ではビールスと教えられた）、日常でよくよく聞く名だが、生物学者たちのいう「生物」という概念に一大転換《パラダイムシフト》を迫る存在である。なぜか？

福岡伸一『動的平衡』を参照すれば、ウイルスとは、

①非細胞性で細胞質（構造）などもたない。基本的にはタンパク質と核酸とからなる粒子である。

②他の生物は細胞内にDNA（デオキシリボ核酸）とRNA（リボ核酸）両方の核酸が存在するが、ウイルスには基本的にどちらか片方だけしかない。

③他のほとんどの生物の細胞は2n（2倍体）で、指数関数的に増殖するのに対し、ウイルスは一段階増殖だ（コピーがコピーを作る）。

④単独では増殖できない。他の細胞に寄生したときのみ増殖できる。

⑤自分自身でエネルギーを生産しない。宿主細胞のつくるエネルギーを利用する。

細胞は生物の基本的な構成単位である。動物も植物も、およそ生物はすべて、細胞の活動によって「生きている」。細胞を形成しないということは代謝をしないこと、「無生物」を意味する。この意味で、ウイルスは単一分子＝無生物である。

だが、ウイルスは「生物」の定義すなわち「自己複製する能力」（DNAもしくはRNA）をもつ。

ではウイルスこそ生物と無生物の「中間」なのか?
否だ。ウイルスの「発見」は、「生物」あるいは「生命」のこれまでの定義＝「自己複製能力」に変更を迫ることを意味するからだ。

2　動的状態──ルドルフ・シェーンハイマー

少し長い引用になる。辛抱をお願いする。(読み飛ばしてもかまわないが、南部陽一郎による「対称性の自然的破れ」の説明と同じように、福岡の「ウイルス」説明は、「文学的」で、知的興奮を呼び覚ます。)

《ニホンが太平洋戦争にまさに突入せんとしていた頃（1933年）、ユダヤ人科学者シェーンハイマー（1898〜1941）はナチス・ドイツから逃れて米国に亡命した。英語はあまり得意ではなかったが、どうにかニューヨークのコロンビア大学に研究者としての職を得た。

彼は、当時ちょうど手に入れることができたアイソトープ（同位体）を使って、アミノ酸に標識をつけた。そして、これをマウスに三日間食べさせてみた。アイソトープ標識は分子の行方をトレースするのに好都合な目印になるのである。

アミノ酸はマウスの体内で燃やされてエネルギーとなり、燃えカスは呼吸や尿となって速やかに排泄されるだろうと彼は予想した。結果は予想を鮮やかに裏切っていた。

標識アミノ酸は瞬く間にマウスの全身に散らばり、その半分以上が、脳、筋肉、消化管、肝臓、脾臓、血液などありとあらゆる臓器や組織を構成するタンパク質の一部となっていたのである。そして、三日の間、マウスの体重は増えていなかった。

これはいったい何を意味しているのか。マウスの身体を構成しているタンパク質は、三日間のうちに、食事由来のアミノ酸に置き換えられ、その分、身体を構成していたタンパク質は捨てられていたことである。

標識アミノ酸は、ちょうどインクを川に垂らしたように、「流れ」の存在とその速さを目に見えるものにしてくれたのである。つまり、私たちの生命を構成している分子は、プラモデルのような静的なパーツではなく、例外なく絶え間ない分解と再構成のダイナミズムのなかにあるという画期的な大発見がこのときなされていたのである。》（『動的平衡』）

生物を構成している分子は、すべて高速で分解され、食物として摂取した分子と置き換えられる。身体のあらゆる組織や細胞の中身はつねに作り変えられ、更新され続けている。だから、わたしたちの身体は分子的な実体としては、数カ月前の自分とはまったく別ものになっている。環境はわたしたちの外部ではなく、常にわたしたちの身体を通り抜けているのだ。いや「通り抜ける」という表現も正確ではない。身体は分子の「入れ物」ではない。「通り過ぎつつある」分子が、一時的に形作っているに過ぎないからだ。ここにあるのは「流れ」そのものでしかない。この流れ自体が「生きている」ということで、これをシェーンハイマーは「動的状態」（dynamic state）と呼んだ。

これは「二〇世紀最大の科学的発見」と呼ぶことができる、と福岡が書く。分子レベルの解像度（resolution）を維持しながら、機械的生命観に対してコペルニクス《パラダイム・シフト》的回転をもたらす仕事である、と。

だが、直後、遺伝物質＝核酸（１９４４年、エイブリー）や、複製メカニズムを内包する二重ラセン構造（１９５３年、ワトソンとクリック）の発見と続く、分子生物学時代の幕が切って落とされる。生物＝分子機械論の大潮流が生まれたのだ。そして、シェーンハイマーは、一九四一年、自死する。

３　動的平衡のシステム

福岡は、シェーンハイマーの分子生物学上の成果を再評価し、その生命概念＝「動的状態」を拡張して、「動的平衡」（dynamic equilibrium）と読み替える。

《環境にあるすべての分子は、私たち生命体のなかを通り抜け、また環境へと戻る大循環のなかにあり、どの局面をとっても、そこには動的平衡を保ったネットワークが存在すると考えられるからである。

動的平衡にあるネットワークの一部を切り取って他の部分と入れ替えたり、局所的な加速を行うことは、一見、効率を高めているように見えて、結局は動的平衡に負荷を与え、流れを乱すことに帰結する。》

福岡は、「動的平衡」としての生命を機械論的に操作する営為の不可能性を訴え、遺伝子組み換え技術や臓器移植、とりわけＥＳ細胞を使った延命医療などに、消極的意見を披瀝し、警鐘を鳴らす。「動的平衡システムの錯乱因子」だとしてだ。

二つのことで、共感したい。
一、実体論的機械論に対し、関係論的システム論の提唱である。
二、たんなるホーリズム（生命主義）ではなく、「生命」を分子（粒子）次元まで還元可能とする「科学」の信奉者である。
この二つのことは矛盾しない。

だが「動的平衡」という概念にとらわれ（すぎ）ると、構造主義の要《かなめ》「構造＝非構造」（「関係の第一次性」）であることを無視し、分子工学と分子生物学の相関システムで組みあげられる、人間機械論の「効果」（effect）や「進化」を軽視することに終わざるをえない、と考える。

吉本隆明の「関係の第一次性」にもとづく「重層的非決定」に離反する。

0・2▼「国家」を開く

0　「グローバリズム」だ！　「禿鷹」だ！　血肉まで喰らいつくす。日本（Japan　国家）がアメリカ（USA）に乗っ取られる。日本人（Japanese　日本語）も消えてしまう。
こういう頭ごなしの「連呼」を、よくよく聞く。あの西部邁でさえ、躊躇なく口にした。

いやはや、被害妄想狂もはなはだしい、と思えてしまう。「新型コロナ」は、「国外から持ち込まれた！」、「水際作戦が肝心要だ！」という声が、かつてもいまも、圧倒的だった。二〇二〇年も、

○九年の再現そのままだった。まるで時間が敗戦後の「ヤンキー・ゴー・ホーム」期に、あるいは幕末「攘夷」期に巻き戻された感がある。じゃあ、国を閉じるの、閉じられるの、といいたい。

対して吉本は、資本主義の「勝利」を語る。

①資本主義「国」は、プロレタリア解放の競争で、社会主義「国」に、相対的に勝利した。

②資本主義「国」の後進地域への進出は、光明面にだけ満ちているわけではない。利潤獲得の運動であるにすぎない。しかし同時に、流出された投下資本、商品、技術、知識は、後進地域の「近代化」や「現代化」に寄与し、民衆の生活水準の向上に寄与していることも確かである。

資本主義日本の繁栄は、国内では勤労大衆の、国外では後進諸国の生活大衆を犠牲にしてえた結果である、という反権力的だがきわめて口当たりのよい言説を、吉本は厳としてはねつける。

③一九七〇年代以降、日本資本主義が高度資本主義＝消費資本主義に突入した。生産（労働）を中心とする資本主義から消費を中心とする資本主義への転換である。

この転換の二つの指標（メルクマール）は、

1)平均的な個人所得のうちで50%以上を消費に充てていること（同じことだが、国内総生産＝国民所得のうち50%以上を個人所得が占めること）だ。

2)消費を必需消費と選択消費に分けると、選択消費が50%を超えることである。もし国民が、特に購買しなくても済むものを買い控え、その額が所得の5%を占めると、日本の国内総生産（GDP）が3%落ち、「不況」（リセッション）が生じる。つまり、消費資本主義は、後戻りできない過程に入った（『大情況論』1992）、ということだ。

「現在」の資本主義をこう理解せず、生産者ではなく消費者を第一としなければ、経済はおろか政治、文化それに日常生活における国民の意識や行動を理解することはできない、ということにな る。消費＝贅沢＝マイナス価値という思考は、どんなに「清貧」（清く貧しく美しく）を誇ろうと も、力をもたない、ということでもある。

このような確認の上で、吉本は「超西欧」を語る。高度産業社会・高度消費社会・高度大衆社会の三位一体的達成をだ。そしていう。

この達成を成し遂げたのは、一人日本のみである。高度大衆社会で、この社会は「階級」の解体と、豊かさ・自由・平等・平和という社会主義的理念を「実現」した。残された重要な課題は、「国家を開く」ことである。国家権力の解体ではなく、国家間の開かれた関係を構築することである。

ひとまずは以上のことを念頭に置いておいて欲しい。しかしあとは簡単明瞭だ。

0・2・1▼グローバリズムはアメリカファーストのことか？

グローバリズムとは、理念的には、ヒトもカネもモノも、国境（国家間の障壁）をのりこえて、「自由」に行き来するということだ。もちろん、日本もチャイナも例外ではない。

1　グローバルスタンダードはアメリカスタンダードだ

世界通貨（ドル）も言語（米語）もアメリカ基軸（スタンダード）だ。資本・技術力等々も、アメリカが圧倒的に強い。ひとまずはこれを認めよう。（ただしいまのところはだ。）

だから、アメリカのやりたい放題か？　アメリカファースト（一本槍）か？　そんなことはない。「黒船」（米連合艦隊）が来港した。開港（「異国船打払令」撤廃、とりわけ燃料・水・食料の補給）を求めてだ。もちろん日本政府は日本の「事情」（ジャパンファースト）を貫こうとする。正確にいえば、日米でウィン・ウィン（どっちもどっち）の関係を築こうとした。妥結点は、すでにある長崎の他に、下田と箱館に限る、ということになった。

ただし、英米蘭仏露五カ国との通商条約では、力で（国内対立等もあって）「不平等条約」を結ばざるをえなかった。

同時にこの不平等条約撤廃のため、幕府を継いだ明治政府は力を尽くして国力増進を図り、五〇年を経て、先進国の仲間入りを果たした。同じような構図は、敗戦後も繰り返された、といえる。

2　グローバリズムは、自由競争を原則（通則 general rule）とする世界市場経済のことだ。もちろん「お国の事情」の撤廃を意味しない。

だが、総じて（in general）、結局は、それを買い、使い、消費する者の「事情」によって、取引が決まる。「自由競争」だ。消費者の「選好」にあわなければ、どんな大国の銘柄《ブランド》でも、市場から撤退を余儀なくされる。

「禿鷹」であろうとなかろうと、「チャイナ・パンダ」や「秋田犬」にかぎらずと、総じて、その利用、愛好、購入等は、消費・使用者の選択（selection）にまかされる。消費者の選好に適わなければ、どんなに「有名」メーカー、「有力」投資銀行、あるいは「占拠率」を誇った大型店舗等々であろうが、衰退・没落・撤退を余儀なくされる。……私語を挟めば、よくよく眺めると、コンドルには愛嬌を、パンダにはとってつけたような、ふてぶてしさを感じる。まさに「ぬいぐるみ」がもつ「ぬくもり」のなさだ。

自分の利益を最優先する・競争万能主義者の投資銀行を、「生き馬の目を抜く」無慈悲な資本主義システムと批判することは簡単（単純）だ。だが、だからこそ資本主義システムは、結局、「進化」を止めない。「競争は進歩の母だ。」をモットーとするからだ。

3　世界は一つだ。人も、金も物も、情報も、やすやすと国境を越えてゆく。自由市場が原則だからだ。もちろん、日本にも日本人にも、「禿鷹」もいれば「鳩」（平和の象徴　そうそう、鳩は不気味だ。）もいる。「当然（natural　自然）」だ。

安田善治郎（1838〜1921）を知っているだろうか。安田財閥の総帥だった。世間は、つねに（新一万円札の）渋沢栄一と比較し、安田を金に物を言わすケチで薄情な人間と嫉《そね》んだ。まさに日本型「禿鷹」とみなしたのだ。それゆえ、刺殺されたとき、喝采を送った。人物論に抜きんでた三宅雪嶺（1860〜1945）でさえ、安易に世間を信じ、安田を「拝金主義者」の典型とみなし、「今少しく早く公共事業に出金せざりしを惜しむ。」（『同時代史』6）と記し留めた。

だが安田は、渋沢と違って、「陰徳」を旨として生きた金融資本家だ。大きな雇用を創出し、「陰」

で、巨大な利益を国家・公共事業に投じた。いまではよく知られていることだ。

0・2・2▼グローバリズムは不可避だ。問題は、国を「開く」開き方にある

1　閉じられないもの

例えば、「インフルエンザ」だ。どんなに防御壁を高く堅くしても、「外」から（「内」からも）入ってくる。

チャイナのように、武漢を封鎖し、そのつど感染者が出るたびに、各地でつぎつぎに封鎖しようと、インフルエンザウィルスは、通常型であろうが、新型であろうが、やすやすと伝播してゆく。否、過去の事例から推して、チャイナがインフルエンザウィルスの発生源になることさえ阻止することは困難である。（厳密には、不可能だ。これは日本にとっても事はかわらない。）

重要なのは、インフルエンザにどう備えるかだ。不可避なのは、これまでの「実例」を踏まえることだ。当分、残念ながら、感染者1000万人、死者1万人前後を想定しなければならない。また、ワクチンをはじめとした治療法ができても、万能ではないこと、自明である。季節性インフルエンザも新型インフルエンザも、完全に封じ込めることはできない（と前提すべきだ。だから大騒ぎこそ禁物なのだ）。

あるいは「人」だ。アメリカは、そのほとんどが移民から「出発」している。「移民」を「歓迎」した時期が長く続いた。そのアメリカが、戦前、日米対立を理由に、日本からの移民を「排除」

（アメリカ国籍や財産を剝奪）する挙に出た。アメリカファーストを理由にしてだ。現在、「難民」がメキシコ国境を越えて入ってくることを、アメリカファーストを理由に、「不法」として、拒んでいる。

現在、「難民」に対して無条件に「国を開く」ことは、どんな国でも、たとえ人道主義を標榜する国であっても、困難だ。日本でも（きわめて）困難だ。

だが、どんな「高い」障壁を設定しても、適法と不法とを問わず、国境を越えて人は入ってくる。これが、また、グローバル時代の現状だ。この点で、日本も例外ではない。

日本は、二〇一九年末現在、中長期在留者262万人、特別永住者31万人。合わせて在留外国人は293万人で、前年末273万人に対し20万人（7・4％）増加した。過去最高である。（これに不法在留者が加わる。）

この在日外国人の増加は、人口（とりわけ労働人口）減に悩む日本（国と国民）の実情にとって、禍・福のいずれか？　ただし、いずれにしろ、もっと増える。日本ファーストかどうかを決める、好例となると思って間違いはない。

2　開くのは閉じるためだ

「国防」である。「国防力」いかんは「独立」のバロメーターだ。日本の実情は、他国の侵略に「警察力」で対している（例えば、尖閣列島）。だが警察は「軍事機構」ではない。こんな「異常」なことを、いつまでも日本人が放置していいわけない。

敗戦後の日本は、チャイナ・ソ連・北朝鮮（それに北ベトナム）という、軍事侵略（＝解放）を是とする軍事共産国と国境を接した、防共最前線国家であった。（これは現在でも基本的に変わっていない。）

だが日本は、憲法で「交戦権」を棄てている。奇妙な国家で、「非武装中立」を国是とした。だが、かろうじて侵略を免れえたのは、アメリカの防衛力に依拠・従属したからだ。ために、多くの分野で「鎖国」状態を余儀なくされた。例えば、留学等を含めた海外渡航の大幅制限だ。ただし戦後、チャイナとソ連が共産圏の主導権争いで、対立と分岐を深めたことも、日本が侵略を免れる点で、幸いした。

日本は、「独立」後も、軍事的にも政治・経済的にも、いわゆるアメリカの「傘」のなかにあった。日本は経済大国となり、しだいに自国防衛力強化の道を歩んだが、「対米依存」の「専守防衛」は変わっていない。この道は、日本ファーストだ（ろう）。

国を開くためには、開くにふさわしい自衛＝国防力を必須とする。アメリカファーストと日本ファーストの協調と対立は、グローバル時代の第一主題になったといっていい。

0・2・3▼開くべきではないものがある。「言葉」だ。そして日本語は、世界に開かれた唯一無比の言葉だ

しきりにいわれる。「米語」がグローバル時代の基軸（共通語）である。経済・政治・技術・文化等々の活動で、「国境」を乗り越え、他国と自在に関係するためには、言葉の壁、端的には英米

語に堪能にならなければならない。その通りである。

だが、同時に必須なのは、逆説でも何でもなく、自国語すなわち日本語を強化することだ。ビジネス語程度の米語習得では、日本ファーストで行くことは、そして世界語になることは不可能だ。(もちろん日本語強化法の一つが、外国語に通じることだが。)

なぜか？　何度も繰り返し強調してきた(最新刊『知的読解力　養成講座』言視舎　2020　を参照)ので、ここではテーゼ風に述べるにとどめる。

1　**言葉は「人間」だ**

正確には、人間は、他の何ものでもない、「言葉」を持つことによって、「人間でないもの」から「人間」になった。

補　書かれたもの(book 本、The Book 聖書)は「歴史」である。豊かな人間(集団・個人)は、豊かな本＝歴史を読み・解する必要がある。

2　**「日本語」を弱め・失えば、「日本人」は弱体化し・消えてゆく。**

補　日本には、現在まで、脈々と読み継がれた豊かな歴史＝書かれたものがある。ことは、チャイナ人であろうが、インド人であろうが、同じだ。

3　**日本語(Japanese)は、どんな言葉にも翻訳・翻案可能な言葉だ。**

補　日本語(日本人)は、たんなる「記号」以上の「意味」を伝達可能な「言葉」で、「世界語」となりうる有力言語である。

4　日本語を鍛え・教育（training）する、とりわけ日本歴史が豊かに積み上げてきたものを読解することが、どれほど大切か分かるだろう。グローバル時代に入って、チャイナ人やインド人は、英米語に堪能なことを示した、ジャパン人は二周遅れだ、といわれる。

だがチャイナ・インド人は、自国語とりわけその歴史の遺産をどんどん失っていっている。多くは、アメリカ人になってしまったんじゃない。実際になっている、と思える。逆に、それでいいの？　アメリカンになるの？（と思える）。

0・3▼「原発」を開く

本書9（吉本隆明の最後の遺訓は「反原発は猿だ！」）で述べるように、また14（吉本隆明の「遺言」）で示すように、「原発廃絶」ではなく「原発を開く」、が吉本の基本テーゼだ。

0・3・0▼原発は「制御不能」だ。原発の「事故」や「爆発」は「予測不能」だ。防止できない。「廃止」以外にない！

これは至極もっともらしい命題に思える。しかし、一見してだ。人間に完全に制御可能な「技術」なんて、限られている。否、厳密な意味では、存在しない。

例。**自転車は制御可能か？　「安全」か？**

小学生の時だ。なだらかな坂を下る道だった。もちろん田舎道だ。思わず（気分よく）スピードが出て、右折に失敗、川に自転車ごと真っ逆さまに突っ込んだ。わたしである。

上の娘が、小学生の時、曲がりくねった急坂を、猛スピードで駆け抜けようとした。なれた道だったが、制御不能に陥り、横転。血にまみれて、帰ってきた。

自転車は、二輪だ。簡単に制御不能におちいる。ところが、スピードが出ないときも、出すぎても、制御不能に陥り、倒れる。人間を振り捨てる。防御壁もなきに等しい。よって、四輪車（自動車）より危険だ。わたしはこんな結論に達した。それでも、自転車事故は、予測不能だが、「自転車廃止！」などとは叫ばない。「反自転車はサルだ！」と叫ぶ。（ま、自動車でも、何度も事故を起こし、死と直面したが。）

三つの命題にしぼって設問し、簡明に答える。でも、「反原発！」や「原発廃止！」に応えるには、これで十分だ（と思える）。

0・3・1▼代替エネルギーだって！「火力発電」でいいじゃない

フランスに住む岸恵子（女優 1932〜）が、東日本大震災（2011）に際して、TV番組でいったものだ。

フランスの原発は「安全」よ。一瞬、岸の顔が「サルになった！」と思えた。言外に、「日本の原発は危険だ！」というからだ。

日本は、地震や台風等にともなう大災害が起こる。地震や台風の「ない」フランスより「原発」事故は起こりやすい。岸はこういったにすぎない。舌足らずの故か？　そうではないと思えた。「私の子にかぎって……盗みなんてしない！」と同じ思考回路だ。（わたしは、わたしの子だから、盗んだのかも知れない、と疑ってしまう。まずいが、自分を振り返ればだ。）

何、日本人だって、「日本産の野菜は危険じゃない！」と、しれっというじゃないか？　こんな声、頭から信用していいの？　よくないよね。

「反原発！」も「原発廃止！」も「サル！」だ。ま、「小泉元首相はサルになった！」としかいいようがない。だが、「反原発！」という発言を封じることはできない。でも、代替エネルギーの問題をすっ飛ばすわけにはいかない。

例えば北海道の電力事情だ。

発電能力　二〇二〇年　①水力（20％）②火力（55％＝石炭27　石油21　ＬＮＧ7）③原子力（25％）④新エネルギー（1％未満）。

発電実績　二〇一九年　①水力（5％）②火力（70％　石炭46　石油13　ＬＰＧ〔コンバイン〕11）⑤再生エネルギー（19％　ＦＩＴ〔電力会社が再生エネルギーを一定価格で買い取るという政府制度〕10　ＦＩＴ以外9）⑥その他（6％）

③は再稼働が認められず、その穴を、旧施設をフル稼働させ、再生エネルギーをＦＩＴあるいは他社から買い取る等で、穴を埋めている。等閑視されているのは、化石燃料による「環境汚染」の

問題だ。

現に、「反原発」が「環境汚染」の起因となっている。一〇年経とうとしている。どうするの。

0・3・2▼「原発」は「危険」なのか？ 「制御」不可能な技術なの？

1 「危険」だ。だが「危険」でない技術は存在しない。

自動車は「危険」か？ 一九六〇年代でさえ、今から思えば、制御不完全な、おそろしく危険な技術だった。しかしわたし（30代）は、当時から、TVとメガネと車が高齢社会の必需品だ、と述べ、顰蹙を買った。自動車が走る「凶器」といわれ、その事故死が現在の一〇倍の時代である。

原発は「危険」だ。「超」危険だ、といっていい。チェルノブイリやスリーマイルズ島（米）の「事故」が端的に物語るとおりだ。それでも、「炉」（原子核分裂の連鎖反応を、制御しながら持続させるようにする装置）でコントロールすることに成功して、実用化して五〇年余である。石油や天然ガス資源のない日本にとって、必須の技術だ。その技術を廃棄できるか？

2 「制御」可能だ。事実、全世界で稼働している。

3 「事故」や「爆発」は起きないか？ どんな技術も、「事故」や「破壊」を生じる。「技術」の進化は「事故」や「爆発」を縮小化する。そうしないと廃棄される。

0・3・3▼「自然」や「技術」を「完全」に「制御」することは、誰にとっても、否、そもそも人間にとって不可能である。

1　「原発」技術だけが「特殊」なのではない。技術の進化を止めることが「特殊」なのだ。

2　こんなに細心の注意を払って、「危険」な原発技術を進化させることは、必要か、といわれれば、「是」である。「否」は、原子エネルギーを「無用」である、と主張するのだ。はたして、原発を「無用」とすることは「可能」か？　代替エネルギーが登場しなければ、出来ない相談だ。

3　「原発」は、原子力兵器の開発を必然的に許す。これは正しいか？

たしかにイスラエルや北朝鮮は原子力兵器を開発している。だが、原発は原爆さらには核兵器開発を不可避としない。

なによりも日本は、それをしていない。他の圧倒的多くの国も、していない。これが厳然たる事実だ。

そしてわたしは、日本ファースト（政治経済文化的の）見地から、「原子力兵器」開発に進む必要（必然）はない、と考える。（進まない絶対的保障はないが、政治ばかりでなく、科学と技術にさえ、「絶対」を求めるのは、政治も科学・技術も窒息させる。正しいマナーではない。）

これは、吉本隆明の遺訓にも適っている。またここにこそ、日本が、「国を開く」コースの先陣を切りうる可能性があるのだ。

1　吉本隆明　戦後思想の代名詞

＊『日本人の哲学Ⅰ　哲学者列伝』（言視舎　２０１２　23〜33頁）

1・1▼吉本は、戦後最大の哲学者である

知的生産力、知的影響力の双方からいって、吉本隆明は、第二次世界大戦後、最大の哲学者の一人である。吉本には戦後思想の「すべて」がある。こういってみたい。

生産力からいおう。

第一に思考の原理論をもつ。吉本は、全世界（人間を含む）を三つの関係性でつかむ。すなわち、自己関係、対関係、共同関係である。もっともこれは、特に吉本に独特のものではない。アリストテレス以来のスタンダードな世界理解法である。吉本に独特なのは、この関係性を「関係の絶対性」においてつかむことにある。いかなるものも、関係性から離れて「ある」ことはできない。同

じ「もの」と思えるものも、違った関係性のなかでは、異なる「存在」（意味）をもつ。

単純化していおう。ここに一人の「父」がいる。「妻」との関係では「夫」である。「子」との関係では「親」である。「子」との関係といっても、「娘」との関係では「おとうさん」であり、「息子」との関係では「オヤジ」である。しかし、「父」とはいっても、「両親」との関係では「息子」である。異なる関係において、地位や意味が、すなわち存在が異なる。しかも、この関係性は「家族」の内でのことにしかすぎない。会社、友人、地域社会、国家、等々の関係性においては、また異なったポジションにおかれる。つまり、同じ一人の「父」（男）がいるのではない、ということだ。徹底的に、関係性のなかにおかれ、関係が異なるたびに変異を被る、ということだ。

とはいえ、「関係の絶対性」を主張することは、特別のことではない。吉本に独特なのは、いってみれば関係の絶対性の哲学原理を、「自力」で解明し、展開しようとするところにある。『言語にとって美とはなにか』（１９５５）であり、『共同幻想論』（１９６８）であり、『心的現象論』（１９７１〜）で、である。もっとも、この三部作でいわれる原理論は難解にすぎる。叙述が、である。「独創」が「独善」に流れる部分を多く含んでいる。これも吉本の魅力ではあるが。

生産力の第二は、「作品世界」（書物＝言葉の世界）を読み解く力であり、もうひとつの作品である「人間世界」を読み解く力である。この二つは広義の「評論」活動である。この分野の著作は膨大な数に上る。一つだけあげれば、評論集『重層的な非決定へ』（１９８５）がある。書題が、吉本の思考マナーである「関係の絶対性」を端的に表現している。表現は「重層的な決定」（アルチュセール）をもじったものだが、哲学原理は、最広で最深だ。
生産力の第三は、人はどう生きたのか、いまをどう生きたらいいのか、をさまざまな形で提起する仕方である。人物論であり、人生論である。人生相談につながるほどに具体的である。たとえば、『追悼私記』（1993）がある。美空ひばりの「追悼」文を読むだけでもいい。『幸福論』（2001）がある。生きる意味を、生が尽きるまで問い続け、答え直すのは、いわれているほど易しくない。

吉本は、第一の生産力によって、対立・反発・無視する層をも含めて、戦後左翼学芸知識層に圧倒的な影響力を与えてきた。ちなみに、一九七〇年までは、学芸界を展望すると、左翼知識層が圧倒的多数だったのである。そして、その第二の生産力によって、マスメディアをも含めたジャーナリズム、とりわけ文壇、とりわけ論壇に圧倒的な影響力を与えてきた。吉本の名を聞くだけで怖気を振るう編集者が、平気で吉本の「言葉」を話している、という具合にである。しかも、第三の生産力によって、広くビジネスマンを含む読書大衆に大きな影響力を与えてきた。

おそらく、学・芸術と論・文壇と大衆読書世界の三者に、これだけ三者三様の独自な影響力を持った思考者はいなかっただろう。しかも、忘れてならないのは、三つの生産力もまた、「関係の絶対性」にあることだ。原理還元論でもないし、時勢論でもないし、人生論べったりでもない。三者は緊密に結び合って、自立し、しかも千変万化なのである。対象と主題によって、時空の変化によって、変化するのである。

1・2▼吉本は「言葉」＝「幻想」の理論をその基本におく

文学は言語で作られる芸術である。ところが、現在まで流布されてきた文学の理論は、体験や欲求の意味しか持たない。では、《ひとつの作品から、作者の個性をとりのけ、環境や性格や生活をとりのけ、作品が生み出された時代や社会をとりのけた上で、作品の歴史を、その転移を考えることができるか》。この課題にこたえるには、ただ文学作品を自己表出としての言語という面でとり上げるときにだけ可能なのだ。《いわば、自己表出からみられた言語表現の全体を、自己表出としての言語から時間的に扱うのである》。

これが、吉本の『言語にとって美とはなにか』の中心論点と課題解決法である。「関係の絶対性」のよって立つ中心点だ。そして、およそ戦後哲学の隠れた主流を形成した構造主義哲学（その根底にはソシュール〔1875～1913〕以来の言語哲学＝理論がある）と同じものである。

ここで吉本が述べようとしていることは、特殊なことではない。文学作品の価値は、その作品を生み出した時代条件や作家のイデオロギー（立場や願望）および体験をどれほど詳細に論じても解明できない、ということだからである。

ここで「文学」を「言葉で組みあがったもの」とすると、問題はいっそう鮮明になる。人間とその社会は、まさに言葉をもち、それを操作することができるようになったとき、成立（発生）した。つまり、「文学」の問題は、小説や詩というような「観念」領域の問題にとどまらず、そのまま、人間とその社会の問題でもあるということだ。吉本は、言葉で組みあがった世界を「幻想」と呼び、人間の世界はこの幻想世界で覆われている、という。

つまり、「関係の絶対性」とは、自己関係、対関係、共同関係という従来のタームでは十分につかむことはできないのであって、自己幻想、対幻想、共同幻想としてつかまれなければならない、とするのである。

人間世界は言葉でできあがっている。その世界を解明するためには、言葉の哲学を必要とする。言葉の世界を解明する言葉の理論によって、人間世界の総体を読み解こう、これが吉本の主意である。もちろん、人間が関与する世界のすべてがその対象になる。

吉本が、文学芸術だけでなく、政治経済へ、マスコミ娯楽へ、カップル・個人史へと、全方位的に関心と分析を向けるのは、必然であるといっていい。

もちろん、たとえどんなに優れていても、精力的であっても、個人力の及ぶ範囲は有限である。吉本にはすべてがある、オールマイティである、などと思うのは間違いである。しかし、少なくとも、吉本は自分が「開発」し確信した理論を「応用」し、人間事象の全領域に真摯に対応してきたこと、その成果ははかりしれないことは、消すことのできない事実である。

1・3▼吉本はその時代の「先端」と「最重要」問題に挑戦し続ける

しかし、吉本の哲学性、考える力が如実に発揮されるのは、「現実」を読み解く実践力においてである。吉本はいかなる意味においても、理論倒れ、机上の空論の類似物ではない。

吉本は、政治経済を、私小説を、思想一般を、マスコミ娯楽を、家族生活や精神病理を読み解く力において、まさに抜群の働きを示す。言葉の本当の意味で、吉本は、理論哲学よりも、臨床哲学において優れた力を発揮してきた、といっていいだろう。なおここで「臨床」とは、「実際に個個の病人について、病状の観察・治療をすること。」「―講義・―医学」(『新明解国語辞典』)からきており、応用哲学とほぼ同義である。

臨床哲学において、ではなぜ吉本は抜群の効力を発揮できるのか? 大きくいって、二つある。

一つは、常とはいわないが、大部分は、顔を「大衆」(ポピュラー)のほうに向けているからである。たとえば、現在、各種さまざまな勉強「論」がはやっている。それに対して、「学校で習うような類の勉強、あるいは学者が勉強する、研究する、みたいな形での勉強というのは、しないほうがいい」。すべて、なくても生きていけるからである、と言い切る。重要なのは「知識」ではなく、生きる「知恵」である。それをどう身につけるかが、問題である。

正論である。しかし、同時に、学校へ行く意味、大学へ行ってみる意義を否定しないのである。

二つに、最先端の緊要な問題につねに答えようとしているからである。

たとえば、消費社会の到来の問題である。吉本は、生存＝生活にとって「必需」なものの割合を、非必需なもの、「選択」可能なものが超えた時期こそ、消費社会への離陸とみなす。一九八〇年代、日本が「ジャパン・アズ・ナンバーワン」ともてはやされた「バブル」の到来を、消費社会の到来と重ね、「贅沢」な生活が可能になった消費社会の豊饒とともに、必需でもないのに買う意欲を喚起しなければならない消費社会の困難を、原理的に語るのである。生産者中心の社会から、消費者中心の社会への移行にともなう、人類未曾有の困難をである。消費社会の困難は、しかし、バブルがつぶれても続いている。しかも、デフレの時代の到来という新しい要素を抱え込んで、である。そして、吉本はもっと大衆の場面まで降りてくる。

不況とデフレの時代、どう生きるか？　リストラで収入が減る。人によっては失業する。どうするか？　景気が戻るまで、「必需」で生きる。失業の場合は、転職できるまで社会保障で生きるか、借金で生きる。いずれの場合も、「必需」で生きようとするなら、なにも不可避の困難はない、ということになる。

それに、デフレとは「物価の下落」である。賃金も下がるが、生活全般の諸物価も下がるのである。なにも特別に深刻がる必要がない。それに、デフレを回避しようとしてもムダである。はっきりした原因があり、それは当分除去できないのであるから。

吉本の思考は、どんなに最先端で緊要な問題を取り扱っても、万事このように大衆個人の生活意識まで降りてくるのである。

1・4▼日本人の哲学を模索する

吉本は、戦後思想に、現在と未来に最大の興味を持つ。その意味で、吉本はモダーンとポスト・モダーンの思考者である。現在を究明し、現在矛盾ののりこえを倦まずに探求する。

同時に、吉本の思考の根本に流れているのは、現在・未来がそこから生まれ、成長し、のりこえてきた「過去」(歴史)から受け継いできた「同一性」(固有なるもの)を、つまり、日本国と日本人に通底する思考態度(マナー=文法=習慣)を、解明しようという努力である。

ものごと=事象をその「根本」にまでさかのぼって解明しようというのが哲学的思考の基本である。「根本」(ラディックス)には二種類ある。吉本の共同幻想論も、心的現象論も、ともに、ものごとの「始元」(はじめ)と「根底」(同一性)に潜む「論理」を求めようというものである。

一つだけ「アジア的」という問題のあるキイ・コンセプトを取り上げてみよう。

「アジア的」という概念が、「現在」日本で通用するとしたらどの点においてであるか。農村共同体はすでに壊れてしまっている。資本主義はすでに西欧型になっている。では、もはや「アジア的」ということを考える必要はなくなったのか。そうはいえない。

ただひとつ、意識・認知・感性に関わるものが「手段」の分野を染めあげているところだけは、

「アジア的」ということを考慮せざるをえないのではないか。芸術・文学の分野で、イメージの独特な柔らかさとか甘さとか優美さとかが、さまざまな構図で文学・芸術のイメージを染め上げているかも知れない。産業の分野では、独特のアジア型の経済体が残って、日本の産業をプラスにしたりマイナスにしたりする度合いを強めているかもしれない。（これはさまざまな具体的な場面で、具体的に考えていかなければ指摘できないことである。）つまり、日本の社会は、西欧に比べて現在でも余計なものを背負い込んでいる気がする。西欧的思考における解体作業にどうしても必然的に参加せざるをえないし、あるばあいには、それを推進せざるをえないというところに日本の社会は置かれている。しかし同時にアジア的意識というものの「手段」の分野での在り方を、二重性として勘定に入れなければならない。このようなことは、西欧社会では不要なことだろうし、西欧社会が日本を見る場合の誤解もそこから生じるのかもしれない。またあるばあいには、日本の社会が西欧の社会にとって、現在大きな意味をもって浮かび上がってくるように見える理由がそこにあるのかもしれない。（「アジア的と西欧的」講演・昭60・7・10〔『超西欧的まで』１９８７ 所収〕）

現在日本において、「アジア的」なウクラードはすでに解体した。しかし、「アジア的」意識は生き残り、さまざまな「手段」（表現手段、生産手段、統治手段等々）に独特な仕方で、つまり西欧的意識とは異なった仕方で浸透している。吉本が、資本制の無意識を解明したマルクスと同じような重要度で、柳田国男の「無意識」に執着する理由がここにある。柳田の「文体と方法」の研究から吉本が探り当てた絶妙な「ことば」（コンセプト）が、「体液の論理」、「内視鏡的方法」、「想像的経験」、「無意識の同一性」である。これらは同じ一つの方向を向いている。

1・5▼思想家としての「最低」条件

吉本は、佃島尋常小学校四年生ごろから、今氏乙治の私塾へ通っている。そこで、学習とともにかなり特異な文学書、哲学書体験を与えられ、書くことをおぼえた。「自己形成の最大の場であり、自由であることとの意味をおしえた最初の学校」(「過去についての自註」昭39)であるこの私塾へは、約十年間通うことになる。これは稀で独特な経験だっただろう。

昭和十七年、東京を去って、米沢高等工業学校(現在山形大工学部)に入学する。その後は、「自然」が最大の師であり友となったが、私塾で習得した精神世界のありようは、本質的には変わっていない。書物を通した詩人高村光太郎、宮沢賢治、作家横光利一、太宰治、批評家小林秀雄、保田與重郎を間接の師としたのであった。しかし、ここで愛読したものも、また当時吉本が書き綴ったものも、何か特別の色彩とか変異性を示すものではない。私などは、成熟度を含めて、むしろそのきわめてよくある「知識人」の経験タイプそのままなことに、驚くほどである。

吉本は、「自然」にちかい部分を斬りすてずに歩んだとみなす自分の思想行路を、後にこう概括している。

《すべての思想体験の経路は、どんなつまらぬものでも、捨てるものでも秘匿すべきでもない。それは包括され、止揚されるべきものとして存在する。もし、わたしに思想の方法があるとすれば、世のイデオローグたちが、体験的思想を捨てたり、秘匿したりすることで現実的「立場」を得たと信じているのにたいし、わたしが、それを捨てずに包括してきた、ということのなかにある。それは、必然的に世のイデオローグたちの思想的投機と、わたしの思想的寄与とを、あるばあいには無限遠点に遠ざけ、あるばあいには至近距離にちかづける。かれらは、「立場」によって揺れうごき、わたしは、現実によってのみ揺れうごく。わたしが、とにかく無二の時代的な思想の根拠をじぶんのなかに感ずるとき、かれらは、死滅した「立場」の名にかわる。かれらがその「立場」を強調するとき、わたしは単独者に視える。しかし、勿論、わたしのほうが無形の組織者であり、無形の多数派であり、確乎たる「現実」そのものである。》(「過去についての自註」昭39)

自分はいったん抱え込んだ思考を終生いだき続けるタイプの思考者である、と吉本はいう。原理主義者なのか? そうではない。現実によってその立場変更が余儀なくされても、思考内実そのものを右から左に忘却するようなことをあえてしないタイプの思考者である、といっているにすぎない。たとえばこういうことだ。

吉本は、戦前、知識人の立場から庶民の立場にまで下降してきて、戦争讃歌を詩にたくした高村光太郎に大きく影響、鼓舞された。敗戦によって、その戦争讃歌詩は批判にさらされ、葬り去られた。高村自身、総懺悔して隠棲するにおよんだ。しかし、吉本は、高村の詩が、まぎれもなくかつて庶民に訴え、庶民を鼓舞しえたリアリティを抽出せぬまま、これを丸ごと葬り去ることを、むしろ思想の怠慢、敗北とみなす。つまり、思想のリアリティを、批判的にしろ肯定的にしろ、継受しえない思考は、けっして「無形の組織者」「無形の多数派」になりえない、とみなすわけだ。

ただし、何も特別のことをいっているのではない。思想家たる資格の最低条件について語っているからだ。本当のところ、敗北や敵から学ぶ者がよく勝を制するというのは、実戦の場合だけでなく、思想の場合にこそあてはまる。「すべての思想体験の経路は、どんなつまらぬものでも、捨てるものでも秘匿すべきものでもない」ということだ。

2　吉本隆明　資本主義の「現在」

＊『日本人の哲学　Ⅲ　④経済の哲学』（言視舎　2014　263〜267頁）

2・1▼先進資本主義の「現在」——消費資本主義

資本主義の「現在」を、誰にでもわかるように、「明晰判明」（デカルト）に論じたのは、経済学者でも経済評論家でもなかった。吉本隆明（『日本人の哲学1』の冒頭で紹介）である。哲学者の典型で、時代の「先端」と「最重要」問題に挑戦し続けた結果である。

吉本は、七〇年代以降一九七三年前後に、日本資本主義が高度資本主義＝消費資本主義に突入した重要な兆候が見られたと述べる。

転換のメルクマールは産業構造の変化で、すでに生産額比でも就業労働者数でも生産・加工の第一・二次産業からサービス・情報の第三・四次産業に主力が移り、産業の重点がハイテク産業にシフトしていった。

この転換は情報社会への離陸だっただけでなく、資本主義の「現在」、消費資本主義のはじまりであった。生産・労働中心社会から消費中心社会への転換で、日本ではおよそ90パーセントの国民が「中流」意識をもつことになった。世界史上比類のない「平等」社会が生まれた。

一九八〇年代、日本は生産中心主義から消費中心主義へ、産業資本主義から消費資本主義へ転換した。転換の条件は二つある。
1　平均的な個人が所得のうちの50％以上を消費に充てていること（同じことだが、国内総生産＝国民所得のうち50％以上を個人所得が占めること）。
2　消費を必需消費と選択消費に分けると、人間が生命を維持するのに必要な最小限の消費である必需消費に対して、自分の意志で選択あるいは回避可能な選択消費が50％を超えること。
この二つの条件をクリアしているのは先進資本主義国で、アメリカと日本、それからかろうじて西欧社会である（『大情況論』１９９２）。

この消費資本主義への転換を無視し、消費者第一ではなく生産者第一とみなせば、経済はおろか政治、文化それに日常生活における国民の意識や行動を理解することはできない。バブルが崩壊すると「清貧の哲学」や「もったいない」がもてはやされ、投機＝悪だけでなく、消費＝贅沢＝浪費＝マイナス価値という思考が流行した。

2・2▼「現在」の困難

しかし、とすぐ吉本はいう。選択消費が収入の50%以上になったことは、どういう意味を持つかは本当はまだよくわかっていない。そのわからないところが「現在」のわからなさの経済的な表現として、根本にある問題だ、と。

たしかにわたしたちは、わからないながら、やっている。現に明日は映画にいこうとか、時間やお金がないからいかないとか、あるいは旅行にいこうとか、毎日選んでいる。選んで消費できる額が50%以上になったのだ。もちろん食うために働いているのではないのは明らかだ。それでは、遊ぶために生きて働いているのかというと、そこが問題だ。

わたしたちはたしかに遊ぶことが好きだ。でもあらためて遊ぶために生きているのか、あるいは退屈して生きているのか、そういうところは、現在のところ、はっきりしなくなった。はっきりしていないにもかかわらず、遊んだり、飲んだり、食ったりしていることはたしかで、勝手に選んでやっている。

ここが「現在」の段階に入った社会のいちばん大きな問題だ。当たり前のことだが、この問題は過去の人が分析したり、こうであろうといったりしたのと同じ答えでは、答えにはならない。選択的な消費をどう使ったらいちばんいいのか、いちばんよくないのかといったことは、「現在」を生きているわたしたちがかんがえる以外にだれもかんがえてくれない。

一九九〇年代まだ世界でいちばん先に走っている社会の段階で、こう率直に吉本は述べた。それからさらに一〇年から一五年社会は走ってきたが、明確な答えはほとんど出ていない。

2・3▼「現在」の「不況」

吉本は現在＝消費資本主義の困難さをはっきりと指摘する。「不況」の原因だ。

先進国では、個人の選択消費が必需消費を上回り、個人所得が国民所得の過半を占める消費資本主義に突入して、デフレ経済に突入した。競争激化を招く世界大の自由市場が生まれ、ハイテク産業下で猛烈な速さで技術革新が進行し、原料・生産・労働・流通価格の低落で「価格破壊」が生じた結果である。しかも「高品質・低価格」が可能になったのだ。

第一に、このデフレ経済は、たしかにGDPの量では低・ゼロ成長である。しかしその質から見ると、「高品質・低価格」の実現である。経済力の低下あるいは衰退ではないのだ。

第二に、バブルの崩壊後、日本は「空白の二〇年」と喧伝されるように、「不況」感に悩まされてきた。しかし消費資本主義の本質にかかわる「不況」感なのだ。どういうことか。

消費資本主義では、

(1)個人所得あるいは企業収益の半分以上が、消費または総支出につかわれる。

⑵個人所得の消費または企業総支出の半分以上が選択消費あるいは設備投資につかわれている。だから個人や企業が選択消費または設備投資を中心とする選択支出の引き締めをやめないと、現在の日本のように政府や反政府が不況対策を打ち出しても、不況を抜け出すことはできない。問題を（吉本の例よりさらに）単純化してみよう。（いま選択消費が60％と想定する。）

もし国民が、特に購買しなくても済むものを買い控え、その額が所得の5％を占めるとしよう。日本の国民総生産（ＧＤＰ）がおよそ3％落ち、「不況」（リセッション）が生じる。あるいは最大、選択消費の全部、所得の60％に手をつけないとしよう。ＧＤＰは36％下落し、大恐慌が生じる。消費資本主義が不断に抱える「危機」で、しかもこの過程は後戻りできない（『超資本主義』１９９５）。

＊吉本隆明　１９２４・11・25～２０１２・３・16　東京に生まれる。米沢工高をへて、46年東工大を卒業。54年「マチウ書試論」で注目され、「現在」を基点にする政治経済文芸等あらゆる分野で評論活動と理論構築を続けた、『日本人の哲学1』で示したように、現代日本で稀有な哲学者である。「経済」テーマでは『「反核」異論』（１９８２）『超西欧まで』（１８８７）『大情況論』（１９９２）『超資本主義』（１９９５）

3　消費資本主義の論理

＊『昭和の思想家67人』（ＰＨＰ新書　２００７　６０４〜６１１頁）

3・1▼消費資本主義——吉本隆明

資本主義も社会主義も、生産＝労働中心主義である点で変わりがない。社会主義には「消費」の概念さえなく、「消費」で意味あるのは生産的消費にかぎった。ともに、生産と労働と節約は美徳で、消費と怠惰（非労働）と浪費は悪徳とみなされた。

ところが吉本隆明が見事に要約したように、資本主義が新しい段階に到達した。高度資本主義《ポスト》というような曖昧な概念でつかまえることのできない、明示的な概念を要求する段階である。

《「現代」と「現在」を区別してみることは、ぼくのかんがえ方ではたいへん重要だとおもいます。まず第一に、消費社会といわれるばあいの「消費」でそれを区別してみたいとおもいます。消費社会と呼ぶにはふたつの条件がいります。この条件が充たされていたら「現在」と呼んだらいいかとおもいます。

いちばんわかりやすいので個人をとってくると、平均的な個人の所得のうちで50％以上を消費に充てていることが、「現在」のひとつの条件です。

それからもうひとつ条件があります。

消費はおおきく分けてふたつ、必需消費と選択消費があります。「現在」のもうひとつの条件は、消費のうち選択的な消費が50％を超えていることです。このふたつの条件をそなえている社会は「現在」に入っているとするのが、いちばん普遍的でわかりやすいとおもいます。いまの世界でこの条件を充たしている社会はアメリカ・日本、それからかろうじて西欧社会です。》（「現代を読む」平3年講演『大情況論』弓立社・平4）

ここでも思想を語る言葉がどんどん平明でかつ明快になっていることに気がつくだろう。

吉本は「現在」を「消費資本主義」と概念化《つかまえ》する。

片稼ぎの夫婦で必需消費（生存するのに必須な消費）を選択消費が上回ったのは、昭和六十三年で、ちょうどバブルの絶頂期だ。そして消費資本主義に入る兆候が現れたのは、高度成長期が終わった昭和四十八年であった、と吉本はいう。

昭和四十八年以降、資本主義は、日常生活にかならずしも必要のないものを生産し、その一五年後には、選択消費＝浪費対象をより多く生産する段階に入ったのである。つまりは、消費資本主義は、選択消費対象を恒常的かつ過剰に生産しなければ、消費者がその対象を恒常的に消費＝浪費してゆかなければ、「正常」に存続できない。たとえば、個人消費が60％を超す場合、もし選択消費を5％節約したら、ＧＤＰ（国内総生産＝消費）が3％程度低下してしまう。こういう社会に入ったということだ。「もったいない」といって財布のヒモを強く結んだら、ただちに「不況《リセッション》」がやってくる時代に入った。しかも重要なのは、吉本がいうように、消費資本主義は避けることも、逆戻りすることもできない過程であるということだ。

したがって、消費資本主義では浪費が、遊びが特別で貴重な「価値」を帯びてくる。少なくとも悪徳という非難を浴びなくなる。それが特殊少数者の「特権」や「逸脱」ではなく、大衆（多数者）の享受の対象になるからである。浪費や遊びは生産や労働の「残余」ではなく、それ自体が人間にとって不可避な自立した活動とみなされるようになる。浪費と遊びの時間、施設、サービス、それに学習が企業や個人の重要な活動部門となる。

人間と人間社会にとって必需でないものを生産し消費する社会なんて、そういう社会に生きなければならない人間なんて、下らなく（worthless）腐った（spoil）、真（truth）と実（reality）の欠落した、偽（falsehood）と虚（fiction）に満ちた社会であり人間であることか、というかもしれない。しかしである。

人間は自然（の欲望）を超えた存在である。なぜか？　人間は言葉をもったからだ。言葉とは、いまここにないもの・いまだかつてどこにもなかったものを喚起することができる、正真正銘の創造する力の根源である。人間が実現不能な夢をもち、それに向かって邁進するのは、あるいは悪夢に促されて大惨事を招くのも、過剰な欲望を発動させる言葉の力である。言葉とは人間の第二の本性であり、人間は過剰な欲望を無制限に発動させる存在であるというのが、人間本性論の基本原理なのだ。

しかも、生産は何のためにあるのか？　生産は手段であり、その目的は消費なのだ。拡大再生産は拡大消費のためにある。消費が、過剰な消費＝選択消費＝浪費が、生産の目的である。この事情は利潤をめざす資本主義であろうと、利潤を目ざさない社会主義であろうと、変わらない。消費資本主義は、過剰な消費＝選択消費＝浪費に適合した生産を実現できないと、痙攣し、停滞し、衰退する。消費者という国民大衆に捨てられる。

もちろん、消費資本主義で、生産や労働や節約が投棄され、価値ないものとされるわけではない。逆である。生産は、より高度で効率な、したがってエコノミカルな生産と労働が要求される。高質で・個性的で・気まぐれに変化する消費者の選好に適ったものが要求される。消費資本主義の前段階である高度成長期のような、大量生産・大量消費が基本ではない。したがって消費資本主義の一般的傾向は、ハイクオリティ・ロープライスである。価格破壊だ。同時にハイクオリティ・ハイプライスが求められる。稀少性である。特権的な少数者が求めるのではない。大衆が求めるのである。したがって、生産には省力と省エネを可能にする技術革新とともにデザイン性に優れた個性的な創造力が過剰に要求される。そのための過剰な投資とクリエイティブな人材が要求される。消費資本主義の生産は、この意味で、一方では本来の意味の「節約《エコノミー》」を強いる性向をもつのだ。

以上を要約すれば、消費資本主義こそ人間の本性により適った社会ということではないか？　消費資本主義の出現によって、「消費」を人間の本源的＝本性的活動とみなさない社会主義が最終的に振り捨てられた理由も判然する。社会主義がどんなに美しい理想を掲げても、過剰な欲望を大文字で肯定しない社会に、人間はすみたくないし、すめないのである。社会主義の完成体には人間がいない。こう思って間違いない。ユートピア（どこにもない・誰もすめない場所）であるというゆえんだ。

消費資本主義の登場が社会主義の衰退と踵を接していることの意味を確認すべきなのだ。

3・2▼「バブル」と崩壊

昭和六十三年、日本は消費資本主義に本格突入した。同時にこの時期は「バブル」期であった。日本はおらが春を迎えた。日本中が（といったらいささか大げさに聞こえるだろうが）浮かれた。札束がとんだ。遊興街はどこもかしこも満員になった。

しかしよくよく観察してみたらわかるが、すでに社会は「デフレ」基調になっていた。ここにバブル期を解く鍵がある。意外と思うかもしれないが、「デフレ時代の開幕」を唱え、デフレ論を展開したのが長谷川慶太郎である。昭和六十一年のことだ（『日本はこう変わる』徳間書店・昭61）。バブルのまっただなかでだ。

バブルを総括的に叙述した論者はいない。それで簡単にせよ描写してみよう。

昭和が終わり平成に移る大変動期に、夢のような「幕間」があった。「夢のような」といったが、「悪夢」の記憶をいまだに引きずっている人が多いだろう。なぜ夢のようであり、悪夢の記憶なのか？　本項が論じる焦点だ。

最初になぜバブルが発生したか、である。この問いに正解をもって答えることはできない。以下は推測にすぎない。頼りないと思うかもしれないが、歴史認識とはおよそこの類のものである。

昭和六十年九月、ニューヨークのプラザ・ホテルで五カ国蔵相会議が開かれた。決まったのが「ドル安・円高」へのシフトで、一名、「プラザ合意」といわれる。結果、当時1ドル240円台だった円相場が、一年半後に、150円を切った。この円高ショックを、日本の企業はまたもや親企業から下請け企業まで一丸となってリストラを進め、乗り切り、昭和六十二年、景気上昇期を迎えようとしていた。ちょうどそのとき、円高対策で後手後手に回っていた日銀が、公定歩合を2・5パーセントに下げた。金利引き下げと政府の財政出動が重なり、金（貨幣）がどっと市中に出回る。

企業は、景気上昇を踏まえ、将来の拡大に備えて、銀行融資等による余裕のできた資金を設備投資と人材大量確保に回す。さらに余剰資金を株に回す。まず株価が上がる。さらに土地に回す。地価が上がる。銀行も、株投資や土地建物購入にドンドン融資するだけでなく、自分も「投機」に乗り出してゆく。投資家もこれに続き、ついに株価が、昭和の終わる年には3万円を超え、4万円を窺う勢いになった。土地高騰も、都内で1坪1億円などという高値で売買されるケースが現れた。政府にも、地方自治体にも、土地譲渡所得税をはじめ、膨大な税収入がはいる。その税金が、たとえば、各地で公共美術館に化け、巨匠から無名までの絵画に化ける。絵画は美の対象ではなく、投資の対象になる。ゴルフ場やリゾート地をはじめとする各種会員権が、投機の対象になる。日本全国の繁華街、歓楽街、観光地に、公といわず私といわず、金を懐にした客が押し寄せ、超満員を呈する。原野が、山林が、開発と高額売買を見込んで買収される。

日本史上空前の好景気である。公も民間企業も、そして個人も、バブルの時代、「損」をした人はいなかった、というのが事実だった？

（一言そえておけば、「バブル」を煽ったといわれる長谷川は、デフレの時代だ、もの［財］はもつな、「土地神話」は崩壊する、と強調していた。）

とはいえ「バブル」はいずれ潰れる。その残す被害も甚大だ。だが、重要なのは潰すことではない。最善なのはじょじょに萎ませてゆくことで、ソフトランディングである。

ところが、（ここからは昭和史の限界を超えるが）平成二年四月、大蔵省の一片の「通達」（総量規制＝融資残高規制）でバブルは一気に潰れてゆく。名目は「投機的な土地取引」を規制する、だ。つまり銀行がノンバンクを経由して不動産向けに迂回融資する残高を規制したのだ。とたんに資金が回ってこなくなった不動産業者は、買収した物件を抱えたまま、倒産に追い込まれ、不動産業者に大量の資金を回していたノンバンク、ひいてはその親銀行が、融資の回収不能になった。銀行も不動産を（子会社）経営しているケースがほとんどで、膨大な回収不能資金を抱え込んだ。

資金がまわらない。不動産売買は、買い手がいなくなり、停止して、またたくまに土地価格が暴落する。高騰した株価は、景気の悪い会社はもとより、景気のいい会社の株も売りが加速化し、あっという間に株価が暴落した。

しかも、土地、株、債券以外はデフレであった。価格下落の時代である。土地と株価にからんでバブル時代に投機の対象になって高騰したすべてのものがまるごと暴落した。

大蔵省の一官僚が出した「通達」が、金融危機を産み、長い長い平成不況の火付け役を演じるなどと、誰が予想しただろうか？　「失政」の極といっていい。

バブルをむりやり潰すのではなく、渡部昇一がいみじくもいったように、もう少しの間バブル期が続いていれば、日本の文化資本、知的資本がその成長の基盤をえるくらいに充実しただろう。「バブル」は異常だ。経済的発展の正常な進行の妨げになる。これは「正論」だが、人間の本性を理解しない愚論である。大英帝国もアメリカ資本主義も、一度は世界の富を自らのもとにひきつけて、政治経済ばかりでなく、文化的、知的発展をやりとげたのだ。こちらが好ましい、人間とその社会の本性に適った歴史事実である。日本は絶好のチャンスを逸したのだ。このことを記憶に刻み込んでおきたいものだ。

バブルを消費資本主義との関連で考慮できなかった思想家は、この時点で歴史のスピードから振り落とされていった。わが愛する司馬遼太郎がそのうちの一人であったことを悲しむ。安土桃山時代を肯定的に評価することができた司馬にしてそうなのだ。

4　吉本隆明　技術とは何か

＊『日本人の哲学　Ⅳ　⑦技術の哲学』（言視舎　2017　196〜208頁）

4・1▼技術と芸術

いつか単独で『実用哲学事典』を出したいと思ってきた。その訓練だけは積んできたつもりだ。かつて「技術（technology）と芸術（art）」について、こう書いた。

《1　技術は複製される。芸術は創造されるか？

技術と芸術は、通常、大きく誤解されている。テクノロジーとは何度でも再生可能な複製能力であり、アートはたった一度の、再生不能な創造能力である、というのが常識でも学知でも、一般的な考え方だ。

だが技術が窮まれば芸術に接近し、芸術が窮まれば技術に接近する。

たとえば、レオナルド・ダ・ヴィンチやラファエロなどの作品は芸術だろう。ところが、どのように創作するかというと、ほとんどの作品は、設計図を細かく書き、部分ごとに一つずつ仕上げてゆく。たいていは、弟子が部品を仕上げる。その部品を組み上げて、全体＝芸術作品が出来あがる。これはまさに技術の産物といえないか？　いえる。

彼らは、技術を統括、演出したという点でいえば、芸術家《クリエイタ》といえるが、その個々のものはすべて技術を組み合わせて作られている。機械技術と本質的には変わりない。奈良の大仏がそうだ。小さい模型をつくることからはじまり、部分部分を一つずつつくり、それらを組み立てていく。まさに技術の結集といえる。こうして出来あがったものでも、まぎれもない芸術作品だろう。

優れた技術は限りなく芸術に近づき、優れた芸術もまた限りなく技術に近づくといえる。つまり芸術が極まれば、だれでも真似ができる部分に分解でき、複製可能になるのだ。

コンピュータの心臓といえるＩＣ（integrated circuit　集積回路）の拡大模型図は、はじめは人間の手で書かれたものだ。精密機械の部品を作るための金型も職人の手製で、カーブや薄さの微妙な部分の仕上げは、ベテランの職人でしかできない至芸だ。まぎれもない芸術であり、最高峰の技術ともいえる。その他、新幹線の頭部や宇宙衛星用のロケットの先端部分の「帽子」の流線型のラインなども、最初は、人間の手で描かれ、職人の手で模型が作られたり、合成板が叩き出されるのだ。まさに芸術家の仕事だ。これらは、最初、誰も真似のできない、いわば芸術の範疇に属したものだ。しかしそれがいったん出来上がれば、誰にでも複製可能な技術になる。

2　独創的なものは平凡に見える――複製芸術

「真に独創的なものというのは目立たないものだ。」

これはカントの言葉だが、優れた芸術は出来上がると独創性を主張しないものだ。〔わたしが、モンドリアン（1872〜1944）に同感しても、ピカソ（1881〜1973）にいつまでも違和感をもつ理由である。〕いつまでもごつごつ、目立ってしまうものは、いつかゴミになる、といいたくなる。

「複製芸術」という言葉には、亜流というイメージがある。だが芸術は、複製されるぐらいにまでなると、相当なものだという証拠なのだ。技術も創造的な技術になれば、「超」技術になる。

つまり芸術と技術とは両極で結びつく。短冊形の紙の上では、両端に芸術と技術が位置するが、紙を曲げると両端が近づく。本物の創造的なもの＝芸術は複製でき、それが技術になって初めて人類の役に立つのではないだろうか。

3　革命は芸術か、技術か――レーニンとトロッキー

そこで思い出されるのが、レーニンとトロッキーだ。二人はロシア革命を実現させた天才といわれる。だが革命（「いつ蜂起するか？」）に対する考え方は全く違った。

トロッキーは、革命は芸術であり、一回きりの創造的活動であると考えた。レーニンは、革命は技術であり、何度やっても成功する方法、はじめたら必ず勝利するようなものでなければならない、と考えた。レーニンの革命論には、敗北はありえず、もしあったとしたら、永遠の死にほかならな

かった。
だからレーニンは絶対に勝つ方法を考えた。それは恐るべきものである。

自国を戦争に追いやる。敗北し、旧権力が混乱、解体した無政府状態のときこそ、戦争から帰った軍人や戦争（敗戦）に不満を抱く人たちを糾合して、旧政権打倒の内乱を起こし、権力を握るというものだ。「自国の敗北」、「二重権力から独裁権力」で、根本は「銃口から革命」である。

ここでキャスティングボートを握るのが、職業革命家集団＝共産党とその指導だ。共産党＝前衛グループは、戦争をおこし、敗北して国が荒廃する、その時にこそ自分たちが政権を摑むチャンスである、と考えたのだ。だから、戦争を起こすこと、敗北すること、内乱状態になること、自国の荒廃と焦土化こそが、革命のチャンスである、と考えた。

会社でいえば、会社を破産に追い込み、旧経営陣を追いだしたあとこそ、労働組合を指導していたグループが権力をにぎるチャンスが生まれる、というようなものだ。つまり「倒産」した国だけが社会主義になる、と考えたのだ。だからまず「倒産」状態に追い込め、ということになる。恐ろしく乱暴だが、凄い《リアルだ》。》（『知的に生きるための思考術』２０００、のち『これでわかった「現代思想・哲学」大全』〔２００５〕に収録）

さらに今ひとつ、付け加える必要がある。

４　作る人と享受する人が、同じなら「芸術」（たとえば、連歌、俳諧連歌）であり、違うなら「工芸」（たとえば、陶芸、刀剣）である。

たとえば小説だ。作家（創作）と読者（読者）が同じ（同人誌）なら、純文学（芸術）であり、異なれば大衆文学（芸能）である。

4・2▼吉本隆明「詩と科学の問題」（1949）

1949年、吉本の主題《テーマ》は科学と技術、あるいは自然と技術である。

(1)科学と技術のテーゼ

1　「科学は自然を模倣しているにすぎない。」――科学の科学性

吉本は〈科学が無限に多くの自然現象を組合わせて新たな現象を獲得することは可能なのだが、……科学はおそらく自然を模倣するという決定的な桎梏を逃れる期は永遠にありえないのである。〉とまで断じる。

2〈科学は自然を変革するは、惑わしに充ちた空しい考え方である。〉――科学の技術化

吉本は「高度の科学技術の発達による人間生活の簡便化ということがどうして自然の変革であり、人間の進歩を意味するのだろうか。それが自然の変革という外観を与えるのは技術の複雑な組み合わせが僕らに強いる錯覚に過ぎないので、その根底を貫く原理はいくつかの自然現象の単純な模倣に他ならない。」と断じる。

3〈原子力の応用〔活用技術〕という問題が提示する重要さは、倫理的意味のうちにある〉

2と3は、『「反核」異論』（1982）に、さらには『「反原発」異論』（2014）へと一直線につながる基本テーゼだ。

《原子力の応用的実現ということが僕らに提示した唯一の問題は……僕たちの人間性が実生活の簡便化の極北で科学とぎりぎりの対決をしなければならない時がきっとやってくるだろうし、それは人間存在の根本につながる深い問題を僕らに提示してやまないだろう。》

これが吉本の不可避の論理的帰結だ。ただし断っておけば、「反原発」あるいは「脱原発」などという、ただの大雑把な、蒙昧を「誇る」だけの政治や倫理の論理や運動が登場するなどと、予想し、展望したものでは（まったく）ない。

わたしは、吉本が二〇代の半ばで、すでに「幻想論」の科学と技術、すなわち『言語にとって美とは何か』『共同幻想論』『心的現象論』三部作を書く根本テーゼを獲得していたことに、心を動かされた。日本にもすごい思想者はいるものだ、と実感した。

⑵同時に、吉本が、敗戦後、みずからも染まった、科学への不信と虚無・非決断のなかから抜け出すきっかけとなった契機＝偶然を、記しとどめておかずにはいられない。

それは遠山啓の講義「量子論の数学的基礎」への参加であった。吉本は記す。

《カントル以後数学は単一な論理的階梯による思考方法という楽園を失った。古典数学のもつ確固たる論理性は感覚的思惟という心理的要素に風穴を開けられ、果てしない迷路に彷徨い始めたのである。かくて近代数学は量子因子の論理的演算の学から領域と領域とのあいだの作用の学に変革されたのである。数学的な対象の性質は最早問題ではなくなり対象と対象との間の関係だけが数学の主題と変じ、論理が僕たちに強いる必然性や因果性は数学の領域でその特殊な位置を失った。

言うまでもなく近代科学の発達は厳密な論理性というほとんど唯一の根底によって支えられてきたが、その発達の本質となると、あきらかに単一な論理的階梯を否定するという方向に進んで来た。そしておそらくこの方向が示唆するところは次元の異なった多様な事実によって支えられているという、その単純な理由の提示に帰するのではないだろうか。すなわち論理性という単葉な次元は最早自然現象のすべてを覆うに足りないということの意味ではなかろうか。最近の量子物理学が直面している、微視的自然現象の確率的概念の完成という難問題も、おそらく科学史が踏んで来た従来の単一な論理的階梯に依存する思考方法を変革するという方向に解決せられるだろう。微視的自然現象における現象に固有な時間と空間との間の流動的な「非因果律的な」作用概念の確立——当時僕はそれを集合論との類推によって夢見ていた。もちろん空想である。だが僕には結論のとるべき形はすでに自明のように思われたのである。》

以上は、わたしが、6「自然の哲学」とりわけ「素粒子論」で主題的に論じた問題にまっすぐつながる。しかも、7「技術の哲学」のメインストリートでもある。

すでに吉本は、その独自の哲学テーゼ、「関係の絶対性」、「重層的非決定」という基本概念を浮上せしめつつあったのだ。一九四九年、まだ戦乱直後で、吉本に「左翼革命思考」が登場していなかったときにである。

4・3▼「反核」・「反原発」異論

(1)核エネルギーの開発・利用＝「賛成」。核兵器の開発・利用＝反対。

吉本はこういうだれにも異論のない二元論、湯川秀樹や坂田昌一が唱えた科学者、技術者の主張、無害だが無力なテーゼを拒否する。なぜか？

1《知識や技術を元に戻すことはできない。どんなに退廃であろうといまあるものの否定もできない。未来への道を進むには、常に今以上のものを作るか、考え出すしか方法はないんです。それは数学の公理のようなもので、文明は先へ先へ、未来の方へと進んでゆく。いまはまだ、被災から日が浅く、悲観すべきことと、そうじゃないことが入り交じっています。

けれど、人間という存在は考え、行動することで、天然、自然の与えた変化を乗り越えることもできるし、共存することができる。それが動物との違いです。雨が降ったら傘を差すという人間と、ぬれてゆくという人間と。その両方をうまく調合できたら、ながく生き抜くことができるという気がします。》（「八十七歳は考えつづける」2011・8 『「反原発」異論』2015）

2《太陽の光や熱〔宇宙のエネルギー〕は核融合からできているわけです。だから、僕らの世界にとっては核の力は基本的なものであって、そんなに嫌がるものではない。ちゃんと制御ができて使いこなせている限り、どんどん活用すべきものです。日本人の原子力に対するアレルギーは異常です。宇宙を動かすのは核の力だということは、技術系の人なら解っていて当然のことなんです。》（「吉本隆明『反原発』異論」2011・11　同右書）

3《文明の発達というのは常に危険との共存だったということも忘れてはなりません。科学技術というのは失敗してもまた挑戦する、そして改善してゆく、その繰り返しです。危険が現れるたびに防御策を講じるというイタチごっこです。そのなかで、辛うじて上手く使うことができるまで作り上げたものが〈原子力〉だと言えます。それが人間の文明の姿であり形でもある。

だとすれば、我々が今すべきは、原発を止めてしまうことではなく、完璧に近いほどの放射能に対する防御策を改めて講じることです。新型の原子炉を開発する資金と同じくらいの金をかけて、放射線を防ぐ技術を開発するしかない。それでもまた新たな危険が出てきたらさらなる防御策を考え完璧に近づけてゆく、その繰り返ししかない。

他の動物に比べて人間が少し偉そうな顔をできるようになった理由は、こうした努力をあきらめもせず営々とやってきたからではないでしょうか。》（「『反原発』で猿になる」2012・1・12　同右書）

吉本の基本主張は、一九四九年以降、明瞭かつ一貫している。

「たとえ」、戦争で核兵器が使われたとしても、開発してしまった核兵器を廃絶はできない。（できるのは、保有国同士の相互監視と管理であり、拡散を防ぐことだ。）

「たとえ」、原子炉で爆発が生じたとしても、原子力発電を廃絶はできない。（できるのは、制御技術の完成度を高めることだ。もちろん、「停止」や「廃炉」技術もその中に入る。原発に携わってきた科学技術者が、「反原発」を唱え、「停止」や「廃炉」技術の開発から身を引く＝逃亡することこそ、身勝手というか無責任なのだ。）

死の直前、「想定外」のことが起こっても、驚愕のままにせず、考え抜こうとした吉本隆明の思考力に、あとを進むものとして、脱帽ならぬ、乾杯するほかない。

5　西行　死後、流行作家になった理由

＊『日本人の哲学　Ⅱ　文芸の哲学』（言視舎　2013　384〜395頁）

5・1▼新古今的なもの——定家

新古今和歌集が文学の「古代」から「中世」へ移行する過渡の作品（内容と表現の双方において）であるとは異論がないようだ。その新古今は古今和歌集を「基礎」にしつつ「新風」をもたらそうとしたこともまた明らかだろう。この新古今を代表する両極に位置する二人の歌人がいる。西行（1118〜1190）と藤原定家（1162〜1241）である。

《西行の歌は風雅でもないし教養でもない。社交の具でもない。ただそれは自分でどうにもできない人間の命に、ただ執拗に関わっている歌である。他人のことなど問題にならず、自分だけに集注していかねばならなかったような生活。しかもその自我は崩壊することなく、死に身になって集注

しつづける緊張力。その意味において真実の孤独の文学である。その歌主を生息させている時点と環境とは、ただ彼を苦しめ頑張らすためにあるかのようである。生気汪溢した健康無比の主体、中世の社会をみずから開きうる人々の一人として少しも負けない主体、しかも彼が刀仗を事としないで文学の世界にふみこまねばならなかったような、二〇年の人間形成史における、わずかな時点と環境とのずれ、この矛盾がすなわち彼に過渡的な作家としての相貌を与える。》（風巻景次郎『西行』1947）

風雅と教養を競う社交の場、「歌合」（「歌の作者を左右に分け、その詠んだ歌を各一首ずつ組み合わせて、判者が批評、優劣を比較して勝負を判定した一種の文学的遊戯。平安初期以来宮廷や貴族の間で流行した。歌競べ。」日本国語大辞典・縮尺版）の具と化した和歌（短歌）の世界で、一度もその歌合に列席しないで終わったのが、西行である。

その西行が、死の二年前に『千載集』に一八首採られ、死後『新古今和歌集』に九四首採られて最多採首者になって、「歌聖」と仰がれるようになるのである。

いうまでもなく千載は定家の父、俊成（1114～1204）の撰になったもので、通常、俊成の「幽玄」を通って新古今選者である定家の「有心体」にいたり、「新古今的」なものが完成されたといわれる。では新古今的なものとはいかなるものか。吉本隆明が極限に縮尺した表現でいう。

《「新古今的」なもののいちばんの特徴とみなされるものは、言葉がさしだすイメージのさきに、また言葉を継ぎ、その先にまた言葉を継いで、その果てについに言葉だけの世界が色合いや匂いの雰囲気をもつところまで、言葉が積分された歌の世界を指している。言葉は微粒子のような雰囲気を充たし、そのため基層の「古今的」な世界は、もういちど色合いや匂いに覆われる。この皮膜のような雰囲気がたぶん「新古今的」なものの核心をなしている。》（『西行』１９８７）

「言葉が積分された歌の世界」を表現する「幽玄体」も「有心体」（＊「作者が対象に深まってゆく真実さと、対象にひそむ本質的なものが、正しく行き合った表現」〔小西甚一『基礎古語辞典』〕）も、定家が定着させたもので、作者たちが意識しているいないにかかわらず、言葉で（のみ）紡ぎ上げる文学の極北にある試みであるといっていい。だが強力な反論がある。

　年も経ぬ　祈る契りは　初瀬山　尾上の鐘のよその夕ぐれ　（新古今12　1142　定家）

　思ひ入る身は深草の秋の露　憑《たの》めし末やこがらしの風　（新古今15　1337　家隆）

定家の歌は、「言葉の綾でものをずらかし」ており、幽玄の境地というのは「詩歌の上の一種の遊戯」であるといってよい。家隆（新古今の選者　１１５８〜１２３７）の歌は、幽玄体の代表例だが、「言葉の巧みな落とし咄」に過ぎない。こう折口信夫（『日本文学啓蒙』１９５０）は断じる。

《事物を客観的に凝視して、その本性をつかみ、其れを正確に表現すれば、自ずとそこに象徴が生まれ、匂ひが生じてくる。かうして必然的に各人の胸底に逼つてくるのである。ところが、新古今の作者たちは、物の本体をつかむことを忘れ、初めから、象徴する幽玄の境地を望んだ為に、却て、はっきりした象徴は生まれてこずに、ぼかされて了うたのである。》(同前)と主張する、その根拠に、この定家、家隆の二首が例示されるのだ。

しかしこれは折口の表現にしてあまりに単純化したものいいだ、といわざるをえない。また折口の、「正しい表現法」とは「事物の本性をつかむ」ことを第一義とする、というのも、大きな誤解を招く。事物には唯一正しい本性がある(「真理は絶対唯一だ」)という単純なリアリズム(反映論)を許しかねないからだ。これにも強力な反論がある。

生駒山嵐も秋の色に吹く　手染めの糸のよるぞ悲しき　(拾遺愚草・上　1241)

一二一五年(建保3)、定家が出詠した自信作である、として小西甚一が評解する。秀逸だ。(少し長いが寛容されたい。)

この歌で実質な内容となっているのは、わずかに「夜ぞ悲しき」だけで、「生駒山……糸の」までは、同音の「縒る」で「夜」を呼び出す序詞にすぎない。「夜ぞ悲しき」は訪れてくれない夫または恋人への怨みだから、話主には優艶な女性を想定すべきだろうが、話主の怨みがどのようなものであるかまったく述べられていない。ところが、意味の上では何も結びつきのない「生駒山……糸の」から、さまざまな暗示が与えられる。生駒山は紅葉の名所なので、その紅さが女性の恋情を連想させるし、紅葉の風に吹かれて散るさまは心の乱れを思わせる。また「秋の色」は、この場合紅葉の色だが、満山を散る紅葉で紅くするほど吹く強風は、女心の激しさを暗示すると同時に、男心の「厭き」が「秋」と重置されている。そうした掛詞まで考えるのは行き過ぎのような感じがするかもしれないけれど、本歌に取られている、

河内女の手染めの糸を繰り返し　片糸にあれど絶えむと思へや　（万葉集7 1316）

によれば、話主がいつも「絶えむ」ことを心配する女性であることに気づくであろう。さらに、他人の手を借らず、自分で染め上げるところに、男へ尽くそうとする気持ちが見られることには、女性の複雑に入り組んだ心理が託されている。

といっても以上述べたことは、話主の気持ちの説明ではなく、享受者がいろいろ想像するための手懸かりを与えているにすぎない。定家の技法は、手懸かりだけを与えておき、それらの手懸かりからどのような本旨をとらえるかは、享受者に任せるのであって、どれが唯一の適正な本旨であるかは問題にならない。与えられたテクストの示す限界さえ逸脱しなければ、どのような本旨を享受者が考えようとも、すべて適正なのである。

《定家の立場では、対象に思い入ってゆき、意識の深層で把握される本質こそ歌の「心」であり、それは個人の心理ではないから、作者個人に関すること、たとえば、ある歌がどのような状況の下

で詠まれたかという類いの事実は、享受に参加させる必要がなくなる。この立場を理論的に推し進めてゆくと、定家自身が言明しているわけではないけれど、作主が誰であるかさえも享受に関係がなくなる。》（『日本文藝史』Ⅲ）

5・2▼西行――歌か、実人生か

冒頭に引いたように、風巻景次郎（そして吉本隆明）が同じ一つことのように繰り返し強調するのは、西行の歌には作者の「人間」が、「人生の切所」が出ている、そこが他の新古今の作者たちと根本的に異なる、ということである。極言すれば、西行は二三歳で出家して以降、ひたすら歌を通じて自分を語った、その時々の心境を如実に語った、だから彼の人生の理解なしに、彼の歌を解してはならない、とされる。まるで西行は石川啄木のような「私小説」歌人のようにである。

かかる世に影も変わらず澄む月を　見る我身さへ恨めしき哉　（山家集　1227）

風巻。（歌＝作品自体については触れられない。）崇徳上皇が平治の乱の企てに破れ、仁和寺に逃げ込む。急を聞き、西行が駆けつけた。主従関係にあったわけではなく、対面もかなわないのにだ。『掬すべきならば、彼のいたいけな心情だけである。」（汲み取るべきところがあるとするならば、駆けつけずにはおられなかった西行の素直な心情だけである。)

1227 かかるよにかげもかはらずすむ月を　みる我みさへうらめしきかな

吉本。「歌はとりたてて云うほどもない。」重要なのは、崇徳院が仁和寺に十日あまりとどめられていたあいだ、「敗帝を見舞いに馳せ参じたのは、西行だけであった。西行に武門の倫理がなお底流していたとすればこの十日ばかりのあいだの行動であったというべきである。」

二人とも「歌」のできばえには関心がない。西行の「時局」に対する「反応」、それも他の誰もしなかった特異な個人的な反応を記すことに執着している。そうならば、西行の言動は、ニュース・レポーターのように、「変事」があればとりあえず駆けつけ、コメントするのと変わりなきようではないか。こういってみたいではないか。

風巻、吉本がいうように、

1　西行は若くして出家したが、修行や仏学に励んだわけではない。僧形になったが「半僧半俗」で、四〇〜五〇歳代のときには、他者にしきりに出家を説く「おしつけがましい」態度にもでている。

2　宗祇や芭蕉と並ぶ「漂白」の歌人といわれる。だが大きな旅行は、二六歳(?)に東国・奥羽行脚(?・カ月)、五十歳で四国行脚(三カ月)、(六三歳から伊勢に六年間定住し、)六九歳で伊勢から奥州平泉まで東大寺再興勧進のため行脚（およそ一年）の三回にしかすぎない。多くは都内外周辺を移動していた。

その上に「旅の歌」、花鳥風月（自然）を友とした歌を詠わない。おのれの心に写った「自然」だけが登場する。

1104 大峰《おおみね》の深仙《しむせん》と申所にて、月をみてよめる

ふかき山にすみける月を見ざりせば　思出もなき我身ならまし

風巻。「〔大意〕深仙の、この深い山中に澄む月のあわれさを、もし見なかったとしたら、この世に何の思い出もないわが身であろう。」

吉本。「想像していたよりもはるかに山また山にかこまれた深い峡底で、まぢかにみえる峰にかかった月をみて、そのおどろくほど単調で寂かで無音の声を発している光景をまのあたりにして、この世にこんな風景もあるのか、この月をみなかったら来世までもってゆくこの世の思い出とてなかった、といってもけっして誇張ではない、西行のそんな内心の想いが、とてもよくあらわれている。」

しかしこれは「はじまり」にしかすぎない。大峰の回峰路をたどることによってたどり着いたのは、

千ぐさのたけにて
1115　わけて行色のみならずこずゑさへ　千ぐさのたけは心そみけり
ありのとわたりと申所にて
1116　ささふかみきりこすくきをあさたちて　なびきわづらふありのとわたり
三重のたきをおがみけるに、ことにたうとくおぼえて、三業のつみもすすがるるここちしければ
1118　身につもることばのつみもあらはれて　心すみぬるみかさねのたき

で、なぜこれらを秀歌とよべるのかを吉本は自問自答している。

《このばあいも大峰の修験路の地名が詠みこまれているだけだといえば云えるのだが、ここでは地名は場所の名で、その場所の風光を眺めているのではない。風光は西行の心のなかに移され、象徴に転化しているのだ。それと同時に景物を眺めている西行の眼も、肉眼というよりもメタフィジカルな眼に転化している。言葉を積んでゆくにつれて景物が心に入ってきて象徴化するさまがうかがえる。言葉のひととしての西行は、「千種岳」を見ているのでもなく、「蟻の門渡り」の難所を行きなずんでいるのでもなく、三重の滝を拝んでいるのでもない。ある心の状態にあって自分の心を、言葉の積み方にたって見ているのだ。》

これは歌壇に属さないとはいえ、「素人」の歌ではない。「新古今的」なものへの、定家とは違う

回路を通っての到達というしかない。（＊もっとも吉本の理路があまりにも見事なので、眉に唾をつけたくなりそうな感じがしないでもないが、わたしには納得できる。）

吉本の理路を通れば、折口信夫が指摘した、本質に達すれば「おのずと象徴が生まれ、匂いが生じてくる」ということになる。ただし心が「もの」に同化するのではなく、言葉によって「もの」が心に同化するのだ。（＊これは折口の主張でもある。）

それでもいう必要がある。西行の実人生（の解釈）にあまりにも寄りそった歌の理解になっており、歌が実人生に寄生していて、独り立ちしていない、ということになると。

3　歌人としては「歌壇に属さない素人」で、「独語」の歌がひじょうに多い。しかし歌壇のなかに暗黙のうちに成立していた知識や教養、歌合の勝負に勝つコツなどとは異なる「歌」を、西行が詠うことを可能にさせた理由はある。

4　西行は「凡卑」の出だと云われる。歌壇に登場したり有力な歌合に同座する資格がなかった理由である。しかし、かつては平将門の乱を鎮めた鎮守府将軍藤原秀郷からかぞえて九代の孫で、源氏や平家より古い武門の出である。もし西行が鳥羽院の北面の武士として留まっていたならば、平治の乱で確実に崇徳院に連座していただろう。殿上人になる直前、突然の「出家」である。出世を断念したというより、合戦に巻き込まれる運命を回避した出家であったともいえる。現代的にいえば「徴兵忌避」だろう。武門を捨て、仏門での昇進もみこまなかったが、半僧半俗、自家の所領に寄生し、歌で（のみに）生きた。

5・3▼新古今最多の歌人

定家の秀歌に代表されるような「新古今的」なものと、およそ二千首からなる『新古今和歌集』とはおのずと異なると見なければならない。

「新古今」は西行九四首、慈円（慈鎮）九二首、俊成七二首、定家四六首というように当代の歌人を多く含むが、柿本人麻呂二三首、紀貫之三二首、和泉式部二五首を採っていることからもわかるように、万葉以来の和歌の歴史の総覧でもあるのだ。便利な言葉を使えば、後鳥羽院や定家が採取した邦歌の「複合的統一体」ともいえるが、素っ気なくいえば、「雑多な集まり」でもあるということだ。

そんななかで西行が、俊成に歌を拾われ、後鳥羽上皇にその歌を愛され、新古今集最多の歌人となったのはなぜか。小西甚一はいう。

通常、西行の歌は「自由な思想・感情を平明に直叙している点が高く評価されている。」だが、彼が「最高の入集成績」をとったのは「平明だからではなく、主情的でありながら巧妙な心の屈折を見せているからである。」

《吉野山去年《こぞ》の枝折《しおり》の途かへて　まだ見ぬ方の花を尋ねむ　（新古今1　86）

は、昨年と違った途をわざわざ択び、まだ見ていない場所の花をながめに行きたいものだ——という歌意だが、その裏には、吉野の花を見尽くさずにはおかない強烈な願望がこめられているわけで、そうした執心ぶりが「心深し」にほかならない。この歌は、……、昨年つけておいた目印のない途を択ぶという作為が機知的であり、このような点を後鳥羽上皇は「おもしろくて、しかも心もことに深く」と評されたのであろう。》（『日本文藝史』Ⅲ　79）

小西のいうとおりだが、もう一つ忘れてはならない点がある。

新古今和歌集は和歌の過去と現在の「総和（アンサンブル）」である。ざっくりいえば、西行は、歌人としては素人っぽい独白体（異形）の歌を詠み、半僧半俗という一見して自在で異形な生き方をした。和歌の「現在」には欠けた特異性である。和歌の現在の総体をもくろむ新古今に、異端の「魅力」があったればこそ、その歌が多く採られたといっていいのではなかろうか。しかもたんに異端だっただけではない。

西行の歌が新古今に拾われたのは死後に属するが、その（貴人たちから見れば）異形の生き方は、のちに、その極北を親鸞（非僧非俗）に、その直接の後継者を兼好法師に見ることができる。西行の歌と人生は、素人を代表していただけではなく、「近未来」を予感させていたというべきだろう。

もとより西行には定家とは違った道を通って達成された「古今的」歌を代表するに足る秀歌がある。だがその私家集『山家集』には、歌として自立できるとはいいがたい数多くの凡作がめだつ。この凡作の性格は、西行の歌全体に共通するもの、歌よりほかに人生はないとみなして生きたものに共通のものであったというべきだろう。もちろん、歌と人生とどちらが重いのかなどと問うているのではない。だれにしろ「歌」だけの人生は、どう望もうと不可能である。

5・4▼略伝

一一一八年～一一九〇年三月二三日　佐藤義清《のり》。代々、平氏や源氏と同じように、禁裏の護衛をつかさどる衛府に仕える裕福な武門に生まれた。北面の武士として仕え、二三歳で出家する。京、高野山、伊勢等に庵を結び、三度大きな旅行をし、河内で没した。千五百首に余る私家集（山家集）を残した。生前、俊成の『千載集』に十八首採られたが、死後『新古今和歌集』に最多の九四首が採られ、西行の名は一躍ビッグ・ネームになり、伝説の人となった。

（①『山家集』『新古今和歌集』②『山家集』（『山家集　金槐和歌集』日本古典文学大系29　風巻景次郎校注）『新古今和歌集』（日本古典文学大系28）③風巻景次郎『西行』（『西行と兼好』角川選書）『中世の文学伝統』（岩波文庫）　吉本隆明『西行』（吉本隆明全集撰6）　小西甚一『日本文藝史Ⅲ』『中世の文芸』（講談社学術文庫）　折口信夫『日本文学啓蒙』（折口信夫全集12）　槇野尚一『西行を歩く』ＰＨＰ研究所　１９９７））

5・5▼定家の歌——歌に生きる

定家に『明月記』というとてつもない日記がある。全編、私的にも、公的にも、不如意、不運、不満、悲嘆、失意、叱責、怨嗟で充ち満ちている。それも喜びも含め、優雅な歌を詠う人とも思えない、短絡的な誇張表現に満ちている。

驚くべきは、プロの歌人としては不調な年が多く、一、二首しか詠まれない年があることだ。プロ野球選手なら、打率は一分台ということで、引退を免れそうにないが、それでも自選歌集『拾遺愚草』『拾遺愚草員外』はおよそ三六五〇首を納めている。これを多いというべきか、少ないというべきか。（ちなみに『新古今和歌集』は約二〇〇〇首を納める。）

「明月記を読む」とでもいうべき主意のエッセイ『定家明月記私抄』（上下　1986・88年）を書いた堀田善衛は、よくよくこんな精神的惨状の連続のなかで歌など詠めたものだという。そうだろうか。

吉本隆明は西行には歌しかなかったという。これとはまったく違った意味で、定家にも歌しかなかったと思える。西行は歌を歌うためにこそ人生があった。定家とて同じである。しかし、定家には、家運整わず、主家衰退し、歌が認められず、官位・職もままならず、四〇歳直前まで九条家の家人同然であった。歌所の寄人になり、勅撰和歌集の撰者に任じられても、従三位に除せられ侍従に任じられたのがようやく五〇歳であった。詠うのもままならないときがあったように思える。しかも五九歳で後鳥羽院の「勅勘」をこうむり、公の出座・出詠を禁じられた。

定家の毎日は、政治に歌に遊びに精力絶倫とでもいうべき新奇好みの後鳥羽院に振り回されっぱなしである（かのように日記からは推察される）。病弱の定家は疲労困憊、気息奄々である。歌なんか詠めるか、という気配が日記からつねに漂ってくる。

しかしそんななかで、「詠進」を命じられれば歌を詠み、新古今の「撰進」でも、院の無理無体な毎度毎度の「切り継ぎ」（増補削減）要求にもはげんでいる。ところがその歌は、（現状の惨憺たる状態とはまったく裏腹に、）天性の上手で、歌の心はなくても、言葉を優雅に繋ぐことができる、と後鳥羽院に揶揄されるほどに、優美な歌を詠うことができたのだ。

歌から歌を作る定家の創作は、私情の表出として歌が生まれるという西行の行き方とは、両極端にある。いつ何時、いかなる惨状においても、（定家自身がいっているように、）情趣があって品位が整い、知的に優れていて言葉から溢れ出る余情があり、歌の姿が気高く、どれも続きにくいような言葉が実際にはなだらかに聞こえるように配置されていて趣があり、微妙な味わいがあってその風情は平凡でない、優雅な歌を歌うことが出来るのである。たとえばこんな具合だ。

年も経ぬいのるちぎりは初瀬山おのへの鐘のよそのゆふぐれ
六百番歌合　三二歳の時の歌で、新古今集にも入っている。

定家を勝ちとし「風体宜しく見え侍る」と記した俊成と同じように、本居宣長も、「いとめでたき歌なるに、年も経ぬ」がはたらかず、かけ合える意がないのは残念だ、と書く。折口信夫はそっけなく「飛躍した処があって、一句・二句の続きが訳らぬ」と記す。

ではかりに「初瀬山いのるちぎりは年も経ぬ」、あるいは「年を経ていのるちぎりは初瀬山」などと、時間の経過にそった表現に置き換えて、較べてみるがいい。そう言い換えてはただごと歌になる。一首、風体よろしく見えるのは上三句の疎句〔続かない句「年も経ぬ。いのるちぎりは。初瀬山」〕作りの効である。言葉の飛躍・韜晦の句風によって、この歌はまさに詩になっているのである。

しかし一首の「心＝情」は「よそのゆふぐれ」にある。

第五句《「よそのゆふぐれ」を、言葉の意味や状況を措いて、怨情そのものの的確な表現として読み取らせるためには、上句の「いのるちぎり」（恋愛成就の願掛）を補強する工夫が必要になる。初・二句を倒置法として「いのるちぎり」を上下句にからませた作歌の狙いは、そこにあるのだろう。……「初瀬山」もたんなる掛言葉というわけにはゆかぬ。長谷観音に長年祈った甲斐もついになかった、とわかったときにそもそもの初をいっそうつよく思出す躰に作って、下句の嘆きを深めている。山高ければ谷おのずと深い感が、この歌の姿にはあるだろう。》（『藤原定家』）

以上、安東次男評釈の尻馬に乗って、私注にかえる。定家風とは創作の「標準《スタンダード》」を意味すると思われないであろうか。

6 親鸞　宗教の名による宗教の否定あるいは「信」の構造の転換

＊『日本人の哲学Ｉ』（言視舎　2015　419〜442頁）
本稿は、吉本隆明の親鸞論に学び、摂取し、その論述をわずかでも引き延ばそうとする試みだ。

親鸞は日本哲学史で最も重要な哲学者である。約言すれば哲学を極限において否定し、かつ極限において肯定した思考者である。その意味をこの短い節で検討してみよう。

6・1▼浄土教とは

6・1・1▼法然（1133〜1212）——『撰択本願集』

親鸞を解しようと思えば法然を理解しなければならない。教理的には、親鸞はあくまでも法然の「祖述者」として振る舞っているからだ。

法然房源空は美作国久米に生まれる。九歳で父を失い、一三歳で比叡山天台宗に入門し、一八歳で叡空の門に入り、四三歳で比叡山を去って専修念仏に帰入する。一二〇〇年鎌倉幕府が、念仏を禁じる。(〇一年親鸞が入門する。)〇七年専修念仏停止で土佐に配流され、一一年許されて帰京した。

源信の『往生要集』や鴨長明の遁世は末法思想にもとづいていた。

平安末期、釈迦没後一五〇〇年経過し、一万年続くとされた末法時代に突入する。時あたかも東西に政権が二分され、騒乱と災厄と世情不安のまっただなかにあった。価値観が大きく変わり、多くの人が不安と苦悩と貧窮のなかに投げだされた。全般的危機の時代である。同時にこの不安と苦悩と貧窮を救済する思想が登場した時代でもある。

その先頭に立ったのが法然だ。

仏教は衆生本願(救済)を謳う。しかし救済が、寄進しだいならば少数の富貴しか、智慧高才しだいならば少数の知者しか、持戒持律しだいならば少数の戒を持つ僧しか救われない。大多数を占める貧賤、愚昧、破戒の者は現世だけでなく来世でも「往生」の望みを絶たれる。

法然は源信の「念仏往生」に決定的な影響を受けた。だが「修行念仏」を往生の条件とする源信の教えでは、大多数の人に救済の扉を開くことは出来ず、末法の世で悩む衆生を救うことは出来ない。衆生のなかに入り、衆生と共に生き、衆生を救う、これが法然の浄土思想がめざすものだ。

法然は「いかにして迷界から出離すべきや」という問いに対して、

《成仏は難しといえども、往生は得やすし。〔浄土教を開いた〕道綽・善導の心によれば、仏の願

力を強縁として、乱想の凡夫、浄土に往生す。》

と答える。

ここで注目すべきは、法然が浄土教の核心を、わが仏教界にではなく、唐で浄土教を大成した善導たちの権威に求めていることだ。仏教界に対する批判や弾圧を「本場」の権威であらかじめ封じるという戦術心も働いただろう。その善導はいう。

《仏の大悲は苦者においてす。心ひとえに常没の衆生を愍念《びんねん》(憐憫)する。これをもって勧めて浄土に帰せしめたまう。水に溺れたる人のごときは、急にひとえに救うべし。岸上の者をば済《すく》うことを用いんや。》(『観経疏』)

いま巷に緊急の救いを求めている者がいる。彼らをまずもって救う、それが仏の慈悲の教えに従うことだというのだ。

では仏の大悲と憐憫に適う、凡夫を救う最善の方法はあるのか？ ある。

念仏を勧めるのは、各種の修行を邪魔するためではない。念仏は、男女貴賤が日常と非常をとわず、いつでもどこでも簡単におこなうことができる。誰でもできる念仏〔易行〕だから、すべての衆生が平等に往生できる。難を捨て易をとって、もって本願とする理由だ。念仏専修〔もっぱら唱えること〕だけで凡夫が往生できる〔来世で救済される〕というわけだ。

《悪人なおもて往生す。いわんや善人をや》という言葉は広く親鸞のものだとみなされてきた。だが法然に発するのだ。法然は善導の教えをさらに明確化し、浄土宗を立てる本意を「凡夫の往生を示さんがためなり」という。

その凡夫のなかでも、おのれの罪や悪行におののく人たちを、仏の願力、大悲と憐憫によって励まし、絶望から立ち直らせようとするのである。悪人こそ「手本」であるといった理由だ。

この念仏専修の浄土教の教えは、当然、旧派の仏教界から非難と糾弾を浴びざるをえなかった。また、幕府、遅れて朝廷の弾圧を喰らう。

念仏専修を唱え、流罪にもなった法然だったが、南都北嶺の旧仏教派との全面対決を避け、修行念仏や自力往生も否定しなかった。親鸞とのちがいである。

6・1・2▼明恵と慈円——反浄土教

念仏専修を説いた法然をもっとも激しく批判したのが明恵（1173〜1232）である。

明恵上人高弁は、紀伊国（和歌山県）有田郡に生まれた。栂尾の高山寺を再興し、華厳宗に依って南都仏教の再興をめざした。

「如来のあとをふまん」これが明恵の「僧のあるべきよう」を示す求道修学の原則である。この点では法然自身も同じだった。ところが、念仏往生に肉食妻帯は障害にならないと法然はいう。この言を「曲解」して、肉食妻帯を当然として勧める僧や信者さえ出たのである。この専修念仏の流行と行き過ぎを現前にした明恵は、法然の『選択本願念仏集』を読み、はじめて激しい批判を展開する。法然が亡くなった一二一二年であった。

年来、聖人（法然）は信仰深き人である。聞きおよぶさまざまな浄土教の邪見は、在家男女等が上人の名をかたる妄説と思ってきた。ところがこの書を読み、種々の邪見はこの書より起こることを知った。そして、「汝の邪法が増長するは、末代の大患なり」（『於一向専修宗選択宗中摧邪輪《ざいじゃりん》』）と断じる。

旧仏教派を代表する明恵は「さとり」の道を説く。末法の世だからこそ仏教伝来の教えに戻らなければならないとするのだ。その説くところは、末法の世に大衆の「すくい」の道を説く法然と交差するところはなかった。

法然批判のもう一人の代表者は天台座主であった慈円である。

慈円（1155〜1225）は摂政藤原忠通の子として生まれた。兄に九条兼実（関白）がいる。一三歳で出家、九二年三八歳で天台座主に就く。一家、一門、朝廷の盛衰を目の当たりにした一生であった。兄兼実は失脚後、法然に深く帰依した。しかし慈円は、政治上も宗教上も、皇城鎮護の比叡山天台座主の立場を崩すことはなかった。

慈円は『愚管抄』で法然を、仏教界全体を破滅に追い込む邪教＝新興宗教の教祖まがいの存在であると断罪している。こういう言い方だ。

建長年間、法然という上人がいた。念仏宗を立て、専修念仏と称して「ただ阿弥陀仏と唱えるべきである。それ以外のことと、顕密の修行はするな」といいだした。ところがこの教えは、理非もわからず知恵もないような尼や入道に喜ばれ、急速に勢力を大きくしていった。この者たちは《専修念仏の修行者になったなら、女犯を好んでも、魚鳥を食べても、阿弥陀仏はすこしもお咎めがない。一向専修の道に入って、念仏だけを信ずるならば、かならず臨終のときに極楽を迎えてくださる》といって、京にも田舎にも広まっていった。

ところが後鳥羽院の女房等をその信徒に引き入れたため、ついにその首謀者の門人は罪に問われ、斬首され、法然も流罪となった。真言や天台の教えが盛んになるべきときに、念仏だけを唱えれば救われるなどという教えが広まってゆくのは、悪魔がこれを広めるのに等しいもので、まことに嘆かわしい。

いわば天台宗のトップ慈円が、天台宗に片足を置きながら、専修念仏を唱える法然の浄土宗を邪教であると切って捨てたのだ。

6・1・3▼日本浄土教の系譜

いうまでもないが、明恵や慈円の浄土教批判は、浄土教がもつ専修念仏の否定的側面、とりわけ布教活動における女犯や魚獣食等の風紀紊乱のみを暴き立て、専修念仏門を邪教と弾劾し、朝廷や幕府に弾圧を要求するきわめて偏頗な党派性の強い論難である。浄土教が無知な男女の大衆ばかりか武士、有力公家をさえとらえ、大流行してゆく事態を前にして、南都北嶺を代表する明恵(華厳宗)や慈円(天台宗)として当然の護教的対応ともいえる。

しかし浄土教はいかなる意味でも邪教ではない。仏教の伝統をふまえた、法然『撰択本願集』や親鸞『教行信証』で示されるように、きちんとした教典と系譜をもつ教説である。

浄土三部教といわれる。『無量寿経』『阿弥陀経』『観無量寿経《かんむりょうじゅきょう》』である。戒律生活や厳しい修行を要求せず、だれでも如来（悟りを開いた人）の本願（万人救済を約束する願い）を信じ阿弥陀仏の名を唱えれば浄土に往生することができると説く。

日本浄土教に決定的な影響を与えたのは、六世紀から七世紀にかけ唐《チャイナ》で浄土教を確立した曇鸞、道綽《どうしゃく》、善導の教えである。曇鸞の『浄土論註』はインドの天親（世親）『浄土論』と龍樹『十住《じゅうじゅう》毘婆沙論《びばしゃろん》』をもとにしてなった。

浄土教の流行は末法思想と結びついている。すなわち釈迦の入滅（前三八三年）後、「教」（教説）、「行」（実行）、「証」（さとり）がすべてそなわった正法《しょうほう》五〇〇年（あるいは一〇〇〇年）、「証」のない像法一〇〇〇年、そして「行」もなくなる末法一万年、そしてこの三時を経て法は衰滅するという説である。

日本では最澄が唱えた正法一〇〇〇年という説を根拠に、一〇五二年に末法に入ったという説が流布されていった。

唐の浄土教を日本に伝えたのは、入唐した天台宗の円仁（７９４～８６４）である。そして日本浄土教を本格的にはじめたのが、源信（９４２～１０１７）なのだ。

源信は大和葛城郡当麻郷（葛城市）生まれ、若くして出家し、比叡山に登り、一三歳で得度受戒したといわれる。恵心僧都あるいは横川僧都としても知られる。後年、権少僧都にまで登ったが、比叡山の俗化を嫌い、辞して、修行と学問に専念した。

主著『往生要集』（985）の序文に、

《そもそも極楽往生のための教えと修行こそは、汚辱にまみれた末世の人々を導く眼であり、足である。出家の身も在家の者も、あるいは貴賤のいかんを問わず、誰かこの道に帰一しない者があろうか。》

とある。この主意のもとに、厭離穢土（地獄や人道等）と欣求浄土の対極的実相をイメージ豊かに活写し極楽往生への道を示すために、仏典や教理の文献を引証し念仏往生にかんする浄土教の根本教義を述べ、後々に決定的な影響を与えた。

《無常については『涅槃経』は次のようにいっている。人の生命のはかなさは、瞬時もとどまることを知らぬ。あの沢を流れ落ちる水にも譬えられようか。今日生きているとしても明日という日は予測しがたい。こう考えるなら、どうして放縦安逸に身をゆだね、まちがった生涯を送ってよかろうか。》（大文第一（章）「厭離穢土」第五（節）「人道」三「無常」）

とあるように、訴求力の強い文章で全編を説く。

ただし、地獄極楽の活写は導入部である。念仏の正しいあり方を説いた「正修念仏」（第四）「助念の方法」（第五）それに「別時念仏」（第六）が本書の中核である。

法然は『往生要集』を高く評価し、『選択本願集』でも数多く引証している。だが源信の念仏は「修行」を根幹としたものだ。この意味で「一部」の者の極楽往生にかぎられる。対して、法然は「専修念仏」を説いて、凡夫万人の往生を約束する。

日本浄土教は専修念仏を唱える法然によって確立され、浄土宗、親鸞の浄土真宗、一遍（1239～89）の時宗へと展開してゆき、日本仏教の一大本流となっていった。

6・2▼「悪人正機」──浄土教と浄土真宗

6・2・1▼万人救済──「念仏往生」

法然、親鸞そして一遍（遊行上人）の専修念仏は、「念仏往生」を説くという点では同じである。「南無阿弥陀仏」を唱えるだけで「往生」＝極楽浄土へゆける、仏になることができると説くのだ。しかしその内実に踏み込んで行くと、三者の「念仏往生」の理念はまったく異なるといっていい。

日本浄土教は、貴賤、賢愚、善悪、貧富、男女にかかわらずすべての人を阿弥陀仏が救ってくれると説く万人に開かれた他力本願の教であるという点で画期的である。

その発生自体が大衆性をもつもので、旧仏教が権門勢家に依存し、信徒の大部分も権門勢家に列しており、因果応報を根本においた自力本願、積善と難行苦行によってはじめて極楽浄土にゆけるとした少数者の宗教とは、正反対の性格を持っていた。

親鸞は、『教行信証』で明らかなように教義上は、天親、曇鸞、道綽、源信、法然の系譜を受け継ぐ祖述者として振る舞っている。だが親鸞の教は根本のところで、法然をはじめとする浄土教の先達や、時宗を立てた一遍、そして本願寺教団の浄土真宗とも決定的に異なっている。この点を明らかにしなければ、親鸞の親鸞たるゆえん、その哲学の固有な意味を見いだせないといわなければならない。親鸞が、法然や一遍、浄土真宗（教団）と決定的に異なるところは何か。

法然は、積悪に走り愚昧に浸る人でも、「南無阿弥陀仏」を唱えれば念仏だけで往生できるという。念仏はだれでも可能な「易行」だからだ。同時に、積善に励み英知を求めることを他人にも勧め、みずからにも課している。

一遍は「南無阿弥陀仏」を唱えさえすれば、死後と生前とを問わず、阿弥陀仏が救ってくれ仏になることができるという。

一遍が法然と端的に異なるのに二点ある。

一、念仏の「下地」をつくってはならない。行（修行）する風情、声を装う風情、身の振る舞い、心の持ちように風情があっては往生しない。（『一遍上人語録』門人伝説　六九）

二、「生きながら死んで、静かに来迎を待つべし。」万事にかかわらず、一切を捨離し、孤独独一なのを死ぬというのだ。生まれるも独り、死ぬのも独りである。されば人とともに住んでも独りである。添い果てるべき人などいないからだ。我を無にして念仏をするのが死ぬということである。

（六八）

法然は「下地」がなくても念仏だけで往生できるとしたが、「下地」をととのえること、修行や詠唱を禁じない。むしろ勧めた。自力を否定しなかったのだ。

一遍は濁世《このよ》から一刻も早く往生すべきである、その他一切のことを捨離すべきだと説く。吉本隆明が指摘するように、その極点が生きながら仏になる（即身成仏）、「自己抹殺の絶対化」という「被虐的な願望」にまで徹底化する（が、自己抹殺の絶対化には自己の絶対化という前提が必要になる）のである。ただし「生まれるのも独り、死ぬのも独り」という自己肥大化があって、「わたしなんて生きる価値がない」というような被虐的な自己抹殺衝動が生まれるのは、生理的にも、心理的にも、ごくありふれた過程であるといっていい。

それに、一遍の「一切捨離」ははたしてだれにでもできる易行だろうか。まったくそうではない。絶対自力にも等しい、「苦行と諦念と放浪に耐えられるかが、浄土へゆく問題」（吉本隆明）になる。

これに対して、法然と一遍に共通するところは何か。「念仏すれば往生できる」という、念仏と往生とのあいだに原因・結果を見ることだ。

法然と一遍の相違点も共通点も、親鸞と異なる。それを明らかにするために、重要な観点に触れなければならない。「悪人正機説」である。

6・2・2▼念仏と悪人正機

親鸞は法然の「弟子」である。ただし稠密な師弟関係にあったわけではない。法然の教えを超えていくことで、親鸞の固有性を獲得したのだ。簡単にまとめればこうだ。

第一は、法然は他力を説く。が自力修行による往生を否定しない。これは、旧仏教界とのいらぬ対立や摩擦を避けるための「妥協」であり、法然自身も生涯にわたって天台の徒でもあった。しかし同時に、自力他力に関係なく「仏の救いの前に平等」であるという原則（教説）から来るものだ。対して、親鸞は比叡天台はもちろん旧仏教界全体と絶縁し、絶対他力を貫こうとする。

第二は、法然は多くの門下生、信徒を擁し、一大教団を形成した。対して親鸞は、「一人の弟子も持たず」というだけでなく、師弟関係それ自体を否定し、教団形成を固く禁じて在家仏教を実践した。だから信徒は、同じ念仏の道をゆく「同行」であり、他力の信心で結ばれる「同朋」なのだ。

第三は、法然自身は「悪」を避け「罪」なき生き方を貫き、信徒には「律」を要求する自力修行の徒であり、聖人の生き方をよしとする。もちろん肉食妻帯を自らに固く禁じた。対して親鸞は自分を「極悪人」と称し、戒律を課さずしかも肉食妻帯する。

第四は、女は性別に関係なく救われるという考えでは、法然も親鸞も同じだ。だが在家仏教を説く親鸞は、法然のように女も救われる存在だというのではなく、女が念仏行者の伴侶として欠かすことのできない存在であり、男女共生が念仏往生の道に適っていると説き、自ら妻帯の念仏人生を実践する。

第五は、法然の専修念仏は、末法の時代において、仏法が衰滅し悟りの門が断たれたため、もはや念仏以外に救われる道がないというものである。時代、時局のなせるわざだというわけだ。対して親鸞は、ただ「信」だけが、いかなる時代であっても、時局にかかわりなく弥陀によって救われる唯一の道であると説く。

この違いは両者が生きた時代史や個人生活史の違いからも生まれたものだが、それに還元することはできない。両者を決定的に分かつ理念は、法然が他力のなかに自力を残す（自力を否定しない）のに対して、親鸞が絶対他力、他力のなかの他力を求めるところにある。

だから「悪人なおもて往生す。いわんや善人をや。」という悪人正機説は、法然に発し親鸞が受け継いだ思想であるといわれるが、判然と区別すべき点があるのだ。

法然では、「悪人なおもて」とは「悪人が善人より」より強く阿弥陀仏の救いを必要としているという点、念仏によって救われるのはそれが悪人や愚者にとって「易行」だからだということになる。

これに対して、人をその善悪にかかわらず、仏は救うべくして救う（「自然法爾」）、その仏の慈悲に対してわれわれは念仏さえも必要ないというのが親鸞である。

親鸞の主著とされる『教行信証』は、浄土教の系譜をたどる祖述書、註解である。親鸞独自の解釈＝改釈を可能な限り消し去っている。しかも誰かに読まれるために書いたものでも、書かれていることさえ知られないようにして書いた書で、徹底して自分のための書であるということができる。しかしそこに現われたぎりぎりの固有性をたどってみれば、次のように短く要約できる。

人は、念仏の教えも、行も、信心も、さとり（証）も、つまりは「教・行・信・証」のすべてを、阿弥陀仏の広大な慈悲のみ心より与えられる。「南無阿弥陀仏」の称名は、救いをえようという信者の願いから発するものではなく、阿弥陀仏が救いを呼びかける真実の心（真宗＝教行信証）、「浄土へ往きましょう」（往相回向）であり、「浄土から戻って来ましょう」（還相回向）なのである。したがって「南無阿弥陀仏」を称えることは、慈悲深い仏の発願に対する感謝の念の表明に他ならない。「ありがとうございます！」である。親鸞の主著『教行信証』が説くところの本意だ。

つまり念仏の真は仏に対する全的な帰依心、仏にすがる心にある。それが念仏称名となって現われるのであり、感謝心の表明なのだ。だから念仏を称えること（行）と、仏を信心すること（信）は別にあるのではなく、同じ一つのことである。信なき行（称名）は形骸化に他ならない。

6・3▼他力本願の構造

6・3・1▼一念か、多念か

専修念仏の浄土教において、いかなる極悪人であれ念仏を唱えさえすれば往生、成仏できるのならば、「一念でいいのか、多念か」ということが大きな論争点になった。

法然は、「一念」(一度の念仏でも救われる)は最悪の状態を想定して説かれる最低の条件である、最低条件下にないわれわれは少しでも多く念仏するほうがよいと説き、論争と混乱のなかで苦慮し、「一念義停止起請文」をさえ書いている。

法然の高弟で、師の死後、法門の指導的地位に就いた隆寛(1148~1227)は「一念多念分別事」でいう。

一念か多念かで争うことは本願の意に反し、善導の教えに背いている。だれしもいつ死ぬかもわからない無常の身である。だからつねにこの一念が最後になるかもしれぬと思って念仏せよ。一念を軽んじてはならず、多念義を立てて一念を誹ってはならない。一念を離れて多念なく、多念を離れた一念もない。ひとえに多念にてあるべしと。

隆寛の書を念頭において書かれた親鸞の「一念多念文意」(一二五五年)は、一念、多念それぞれにかんする先人の教えを引用し、誤解を生まないほどに簡潔かつ愚直なほどに詳しく解説している。

冒頭三節目にある次の文が焦点となる箇所である。

《(『無量寿経』のなかにある)「一念」というのは、信心をうるときの極まりをあらわす言葉である。「至心廻向」というのは、「至心」は真実という言葉で、その真実は阿弥陀如来のお心である。「廻向」は本願の名号を十方の衆生にお与えになる教えである。

「願生彼国」というのは、「願生」はすべての衆生に本願の報土(浄土)に生まれたいと願いなさいということである。「被国」は彼の国で、安楽国をお教えになったのである。「即得往生」というのは、「即」はすなわちということで、時を経ず、日をもへだてないことである。また、「即」はつくということで、その位に定まりつくという言葉である。「得」は得るべきことを得たりということで、真実信心を得れば、すなわち無碍光仏はお心の内に摂取して、お捨てにはならないのである。摂はおさめたまう、取は迎え取ると申すことである。おさめ取りたまうとき、すなわち、日時をもへだてず、正定聚の位（往生すべき身）に定まることを、「往生」を得ると仰せになられたのである。》

親鸞は、一念は最低条件である（法然）とか、はかない世なのでいつ寿命が尽きるともかぎらない（隆寛）からこの一念を最後と思って念じなさいなどとはいわない。この「文」の核心は、「一念」「至心」「願生」「即得」にある。「信心をうるときの極まり」「真実信心をえれば」、「即」、正定聚の位に就く、極楽往生すべき身に定まるというのだ。

問題は一念か多念かではない。「念」はここではもはや「念仏」という形あるものでなくなっているようにさえ思える。思うことができるというだけでは十分ではないだろう。

親鸞はこの書の最後に、真宗のならい（習い）は、一念往生とか多念往生とかではまったくなく、「念仏往生」であるという。しかし「念仏したら往生できる」などと念仏と往生とを因果関係におかないだけでなく、「一念」とは信心をうるときの「極まり」で、浄土に生まれたいという「願」であるとする。したがって、親鸞は「念仏」を唱えるかどうかではなく、「真実の信心」（＝信）を得るかどうかを浄土教の焦点にすえおいた、といっていいだろう。

6・3・2▼他力と易行

親鸞が法然からえた最初の核心は、妻の恵信が娘に宛てた手紙で語っているように、《後世のことについては、善人にも悪人にも生死の境を超え出るべき道をひたすらに説くこと》であった。

法然とともにこの道をひたすらに歩もうとした親鸞は、自力が入り込まないためには他力本願は絶対他力にまでゆくほかなく、絶対他力で行くためには「知」と「愚」が、「善」と「悪」が本願の前に同じであり、「愚」と「悪」こそが逆に本願成就の「正機」であるというところまで歩むほかなかった。「悪」と「愚」こそがもっとも仏から遠く、自力では仏に近づこうとはしない他力であるほかない存在である。しかも念仏すれば極楽へゆけるという信心をみずからは起こさない不信ものである。

以上のように述べて、吉本隆明はさらに続ける。

《最後の親鸞の思想的な課題は、この悪人正機、愚者正機を、どのように超えるかにおかれた。》といい、その要諦は《親鸞自身の著作からは知るよしもなく、ただ、同行の集めた語録にだけ残されているようにみえる。》と加える。いかなる含意か。

先に見たように、親鸞は一念か多念かを無化し、「常念」や「不断念」に支えられなければもちこたえることのできない「信」などは、「信」(真実の信心)とは考えない。むしろ、常念や不断念には自力修練の意志が入り込まざるをえないと述べている。

つまるところ、親鸞を含め、衆生（万人）は「悪」を免れることはできない、極楽往生の前では悪に大悪と小悪の区別などない。親鸞は「念仏往生の願」を次のように記す。

《たとえわたしが仏をえたとしても、十方衆生、心を至《いた》し、信楽してわが国（浄土）に生まれんと欲するなら、あるいは十念するなら、それでもわが国に生まれないなら、正覚《しょうがく》〔仏の悟り〕をとらない。》（『四十八誓願』一八）

これは親鸞の誓願の形を取っているが、「信」のもっとも極まった形を問題にしているといっていいだろう。つまり、

すべての人が、真心から信じ楽しんで往生したいと欲しても、あるいは十遍（たとい一遍）でも念仏したとしても、往生できないのならば、仏の悟りをえたとはいえないということだ。

これを動態としてとらえれば、心から信じ楽しんで往生を願おうと願うまいと、あるいは多念しようと一念にとどめようと、ただひたすらなる「信」だけが往生への細い一本道であるということになる。

しかも「信」には二種ある。一つは煩悩具足の凡夫の信である。罪と生死の迷いから抜け出ることができないと信じることだ。いま一つは弥陀の本願が世のすべての人を救ってくださる。その本願に身をまかせれば、かならず浄土に生まれることができると信じることだ。この二つながらの信をひたすら進むしかないというのは、はたして「易行《イージーゴーイング》」だろうか。まったくそうではあるまい。

6・3・3▼「自然法爾」

親鸞の「他力易行」のイメージは「自然法爾《じねんほうじ》」とぴったり重なる。

《「自然」の「自」とは、おのずからということで、行者のはからいではない。「然」とはしからしむるという言葉である。しからしむるというのは行者のはからいではなく、如来の誓いであるがゆえに「法爾」という。……弥陀仏のお誓いは、もとより行者のはからいなのではなく、南無阿弥陀仏と願をおかけになって、人を迎えようとはからわせになられたので、行者のほうで善いとも悪いとも思わないことを自然とは申すのだ、と聞いております。》（『末燈鈔』五）

《信心が定まったならば、往生ということは阿弥陀仏のおはからいのままにすることだから、自分からはからってはならない。悪いときにつけてもいよいよ願力を仰ぎ申しあげれば、自然のことわりによって柔和忍辱のこころもでてくるだろう。すべて万のことにつけて、往生には賢きおもいを伴わずに、ただほれぼれと弥陀のお思いの深重なることを、つねに思いだすべきである。そうすると念仏も（おのずと）出てくるのだ。これが自然ということだ。自分からはからわないことを、自然というのです。これがすなわち、他力ということである。》（『歎異抄』一六）

行者（衆生）の往生は、徹頭徹尾、み仏の願力によるおはからいである。弥陀の願いとはからいをただただ信じること、自分からちっともはかることなくほれぼれと（惚けたように）弥陀の深重なるおもいに、思いを致すこと、これが「自然法爾」である。

どうしてこれが、易しくはなく難しいのか。ほんの瞬間でも、信を確信（覚知）したと思った瞬間はからいが生じ、信は非信に変わるからだ。具足の凡夫は信と非信を往還《いきつもどりつ》するだけではない。親鸞の理路をたどれば、信と非信は不可分離である。絶対的な信を凡夫は許されていない。非信の背中合わせの信を生きるほかないのだ。弥陀の本願を「自然」としてただただ信じることが凡夫の信の唯一のありかたである。

「自然法爾」において、常念も不断念も、「悪人正機」も「愚人正機」も、無化される。しかしこうなると、親鸞は理論的に浄土教を問い詰め追い詰めて、実践的にとんだところにまで進んでしまったのではないだろうか。

6・3・4▼極を考えることはできるが人間の本性に適さない

「自然法爾」は「自然」か、人間の本性に適っているかという問に答えなければ、親鸞は人間の「自然」（本性）に適わないこと、不可能なことを要求することになる。

なるほど絶対他力の「自然法爾」を考えることはできる。しかし人間にとっては実行不能である。親鸞ひとりが、実行不能と知りつつこの不能をあえてするということはありうるし許されていいかもしれない。しかしこれを人間多数（衆生）の生きる道の中核におくことはできない。絶対他力は「理念」としては存在可能かもしれないが、それを根本にして生きることは人間存在を空無（Nicht-sein）においつめることを意味する。

総じて極を思考し極を実践することは、親鸞にかかわらず、不可能を考え不可能を生きること、なすことを要求する。浄土真宗が親鸞の指さすほうに進まなかった、進みえなかった理由であろう。

6・4▼「非僧非俗」を生きる

6・4・1▼非僧が非俗であるあり方

親鸞の確実に知られている一生は、一筆で記しとどめることができるほどに、簡素である。一一七三年、京都日野で日野有範の子として生まれ、九歳のとき慈円のもとで出家、一二〇一年、二九歳で天台宗に対する疑問に悩み、六角堂に参籠をおこない、叡山を捨て法然の専修念仏の門にはいる。

一二〇七年、三十五歳の時、旧仏教界等の圧力によって、法然は土佐に、親鸞は越後に流され（無名に近かった親鸞が流された理由がわからない）強制的に還俗させられる。妻帯し子をもうけた。一一年赦免。法然は京で亡くなったが親鸞は帰京せず、在家のまま東国の地で「布教」を続ける。三五年ころ京都に戻り、著述活動に専念し、一二六二年、九〇歳で没する。

親鸞は法然の教えを受け継いだという意味では法然の門人であるが、三五歳以降は、法然およびその一統となんの関係ももたずに、非僧非俗で生きた。

親鸞の非僧非俗は、最初、流罪にともなう強制であった。だが三九歳で勅免されても、「非僧非俗」を貫いた。法然の下にあったとき、「非俗」とは「僧」を意味した。しかし流罪後の親鸞は、「非俗」とは「非僧」をこそ意味するものに変わってゆく。

親鸞は、「非僧非俗」のモデルを播磨の賀古で沙弥（在家信者）として生きた教信に求め、《たとえ牛盗みといわれても、あるいは善人、もしくは後世者《ごぜ》、もしくは仏法者と見えるように振る舞ってはならない》とさえいうのだ。

専修念仏を説いて衆生を教化し救済することを、すなわち布教を断念する親鸞（もはや僧親鸞ではなく非僧愚禿《ぐとく》）は、僧体を捨て妻子をもち、一介の在家念仏者として念仏往生を信じる「同朋」を求めて旅をする。親鸞は衆生ではないし、もはや衆生になりえないが、《自分のはからいによって、人に念仏をすすめるのであればこそ、弟子ということもあるだろうが、弥陀のお導きにあずかって念仏をしていらっしゃる人を、わが弟子と申すことは、きわめて荒涼のことである。》（『歎異鈔』六）という。

つくべき縁があれば伴い、はなれるべき縁があればはなれる。自然法爾でゆくほかない。だから親鸞は「師」と「弟子」関係を排する。念仏往生を信じるものはすべてが「同行」「同朋」である。もちろん、教祖、教義、戒律はもとより、寺とか教団などはあろうはずがなかった。

6・4・2▼知の放棄の仕方

流罪以降「非僧非俗」を貫く親鸞は、かつては師と仰いだ法然と極限的に遠いところに向かってゆく。

法然は門弟や信徒に「知」の放棄を説く。というより、無知、愚昧、悪行「でも」、あるいは衆生に向かっては無知、愚昧、悪行「こそ」、往生、成仏することができると説くのだ。しかし「知者」「善行者」として、つまりは「師」としてである。

さらに法然は、「知」の冒瀆、悪行の限りを尽くすなどの者たちに対して、「七箇条制戒」でも明らかなように、わが門人ではない、魔の眷属である、わが草庵に来るべからずと破門を宣告する。これは師として立ち、弟子、門人、信者を集め、教団を形成するものにとっては避けることのできない「必然」であり、旧仏教界、朝廷、武家政権からの弾圧を避けるための「方便」でもある。ただし、この必然と方便は分かちがたく結びあっている。

親鸞には弟子も信徒もいない。知を脅かす根拠ははじめから捨てられているのだ。「戒」などもとより存在しないし必要としない。「自然法爾」あるのみ。みずからの「はからい」が入り込む契機となる「知」は徹底的に捨てるべき対象でしかない。

同時に、親鸞は衆生のように生活したが、衆生ではない。まったく反対なのだ。流罪以降、法然の門を離れてからも、ほとんどだれにも知られることなく主著『教行信証』を書き継ぎ、書き改め、浄土教の系譜をたどり、祖述し、註解し、その根本思想を「撰択」（識別）し、真の浄土教（浄土真教）を明らかにしようという知的努力をけっしてやめなかったのである。

吉本隆明の節回しでいえば、「〈信〉の実践では〈非知〉に徹しながら、その〈非知〉の根拠を凝視するのに徹底的に理路にしたがった」のである。

6・1・3▼万人に開かれ、万人に閉じられている

親鸞は宗教家である。念仏者として生きた。では親鸞の宗教上の独創性はどこにあるのか。親鸞は、

一、教義を立てず、戒律を設けない。したがって罰則を必要としなかった。

一、社寺や教団《セクト》の設立を否定し、もちろん教祖や門跡などは論外であった。

三、在家仏教だから、プロの僧侶を認めず、お布施（献金）を求めなかった。

religion（宗教）の原意は、「紐で結ぶあるいは縛る」である。教義で結ばれ戒律罰則で縛る、セクトで団結・拘束し、献金の強制と義務があるという体のものである。親鸞の教えはこの宗教一般がもつ「縛る」につながる特性をすべてもたない。

つまり親鸞の教えは、宗教の名によって宗教を否定する宗教なのである。では宗教ではないのか。宗教だろう。万人に開かれた、万人を救済する宗教である。同時に、親鸞が終生追い求めた「自然法爾」の「信」の道は、また密かに研鑚することをやめなかった「知」の道も、あまりにも細く狭

い道である。衆生には万の一つにも開かれていない。

マルクスは宗教を否定する。第一に、宗教のイデオロギー性を批判する。現実の救済に覆いを被せ、虚偽によって幻想の救済に身を委ねる「阿片」にすぎないというわけだ。第二に、宗教は現実の困窮と災厄に苦しみ救済を必要としている民衆の「ためいき」であるという。しかし宗教はその「ためいき」を幻想によってすくい取ることで、民衆の貧苦、病をなだめ、結果としては、現実に支配する権力の補助機関の役割りを果たす。ローマ教皇や教会や僧侶は権力装置の一つだというのだ。

ところが、マルクスの教説（マルクス主義）がイデオロギー（虚偽意識）であり、その組織（共産主義者の党、グループ）がまさに教義と規則と罰則で打ち固められた超セクトであり、その組織が国家権力を握るや国家教義になったのである。つまり宗教の特性をすべてもつのだ。

親鸞の宗教は、誰もが阿弥陀仏に帰依すれば弥陀の本願によって往生できるということで、心の安らぎをえて生きようとする人々の心に証の灯を点す。心の救済である。それには「南無阿弥陀仏」の称名以外を要しない。したがって親鸞は宗教がもつ属性をすべて否定することによって成り立つ宗教を立てたというべきだろう。

ところが、親鸞の死後、親鸞の本意とは異なる形で本願寺教団が形成されてゆく。これは親鸞にとっては「悲劇」だが、「宗教」という形態を取るかぎり必然であった。

浄土真宗の礎を築いたのが第三世の覚如（1270～1351）である。親鸞の廟堂を本願寺と称し、各地の門徒を本願寺のもとに統轄する契機を作った。第四世の善如は本願寺を勅願寺とし、第八世の蓮如（1415～99）が真宗諸派を本願寺（本山）の末寺にし、一大教団を形成するとともに、政治権力と密着した。本山の地は、戦乱のなかで激しく動いたが、第十一世の顕如（1543～92）が本山を現在の西本願寺の地に移し、日本最大の教団浄土真宗は現在に至っている。師も弟子も否定し、子の善鸞を義絶した親鸞であったが、浄土真宗は親鸞の血脈が法統を受け継ぐという世襲制になった。

〔①法然『撰択本願集』明恵『摧邪輪』『摧邪輪荘厳記』源信『往生要集』慈円『愚管抄』親鸞『教行信証』『歎異抄』その他　②『法然』（日本の名著5）『法然　一遍』（日本思想大系10）『源信』（日本思想大系6）『源信』（日本の名著4）『慈円　北畠親房』（日本の名著9）『親鸞全集』（石田瑞磨訳注　全五巻）『親鸞』（日本の名著6）『親鸞』（日本思想大系11）『親鸞』（日本の思想3）　③吉本隆明『増補　最後の親鸞』（1981）同『〈信〉の構造　吉本隆明・全仏教論集成1944・5～1983・9』（1983）河田光夫『親鸞の思想形成』（著作集第二巻　1995）〕

7　戦後思想の橋頭堡——吉本隆明

＊『昭和の思想家67人』（ＰＨＰ新書　２００７　４２８〜４４３頁）

7・1▼戦後擬制の終焉

《わたしのかんがえでは、庶民的抵抗の要素はそのままでは、どんなにはなばなしくても、現実を変革する力とはならない。

したがって、変革の課題は、あくまでも、庶民たることをやめて、人民たる過程のなかに追求されなければならない。

わたしたちは、いつ庶民であることをやめて人民でありうるか。

わたしのかんがえでは、自己の内部の世界を現実とぶつけ、検討し、論理化してゆく過程によってである。この過程は、一見すると、庶民の生活意識から背離し、孤立してゆく過程である。

だが、この過程には、逆過程がある。論理化された内部世界から、逆に外部世界へと相わたるとき、はじめて、外部世界を論理化する欲求が、生じなければならぬ。いいかえれば、自分の庶民の生活意識からの背離感を、社会的な現実を変革する欲求として、逆に社会秩序にむかって投げかえす過程である。正当な意味での変革（革命）の課題は、こういう過程のほかから生れないのだ。》（吉本隆明「前世代の詩人たち」『詩学』昭30・11）

変革の思想家（知識人）たる位置をこのように明確に確定しえた吉本が、六〇年安保闘争は自らがよって立つ思想的拠点の正しさを如実に明らかにした、と考えたのも当然である。第一に「擬制前衛」の破産であり、第二は「擬制前衛」の大衆観をも包摂している丸山真男に代表される戦後「擬制民主主義」の破産だ。二つをまとめて「擬制戦後民主主義」といってよい。もう少し短縮して、「前衛意識」だといおう。

ところが、一般に戦後民主主義思想に対する全戦線での批判者とみなされてきた吉本が、実のところ徹底した戦後民主主義の真の継承者であるという実を示す。「戦後思想」の規定にかかわってだ。「擬制の終焉」（『民主主義の神話』現代思潮社・昭35）は次の文から始まる。

《安保闘争は、戦後史に転機をえがくものであった。戦後一五年間、戦中のたいはいと転向をいんぺいして、あたかも戦中もたたかい、戦後もたたかいつづけてきたかのようにつじつまをあわせてきた戦前派の指導する擬制前衛たちが、十数万の労働者・学生・市民の眼の前で、ついにみずからたたかいえないこと、みずからたたかいを方向づける能力のないことを、完膚なきまでにあきらかにしたのである。長い年月のあいだ白痴や無能力者と雑婚はしたが、誇りたかい家系意識だけはもっていた前衛貴族の破産は、すでに戦争責任論の過程で理論的にはあきらかにされていた。しかし、かくも無惨にそれが実証されることは、だれも予想していなかったのである。もちろん、かれらとても、低姿勢の弁、たたかわざるの弁を、民族・民主革命の展望とむすびつけたり、国民的共同戦線論で飾ったりすることはできるかもしれない。労働者組織のほとんどたたかい得ない現状や独占資本の安定の強さを引きあいにだして擁護することもできるかもしれない。さいごにたたかうものが、よくたたかうのだ、というように。しかし、ここにこそかれらのおもな錯誤がよこたわっている。かれらの盲点は、戦後支配権力の構成的な変化にみあった人民の意識上の変化が、ブルジョア民主主義の徹底的な滲透と対応している事実に目をおおっている点にある。》

吉本は、この《ブルジョア民主主義の徹底的な滲透》に《よき兆候をみとめるほかに、大戦争後の日本の社会にみとめるべき進歩は存在しない》と極言的にいう。しかも、ブルジョア民主意識を、曖昧さを許さない明確な仕方で、《全体社会よりも部分社会の利害を重しとし、部分社会よりも『私』的利害の方を重しとする意識》とするのだ。しかし、これでは、正真正銘の市民《ブルジョア》的民主主義思考と本質的にことならない、ということになるのではないか。まず、然り、と答えておこう。とはいえ、この評価軸は、まさに《日共〔疑似前衛〕の頂点から流れ出してくる一般的な潮流をたくみに象徴している》、《進歩的啓蒙主義・擬制民主主義の典型的な思考法》を批判するためのものなのだ。その「思考法」の代表者丸山真男の見解（「八・一五と五・一九」『中央公論』昭35・8）を裁断して、いう。

《丸山真男によれば、戦争期の天皇制下に統一的に組織化されていた「臣民」としての大衆は、戦後、『民』としての大衆に環流し、これはふたつの方向に分岐した。ひとつの方向は、「私」化する方向で、個的な権利、私的な利害の優先の原理を体得する方向へ流れてゆき、一方はアクティヴな革新運動に流れたが、これはエトスとして多分に滅私奉公・公益優先的な意識を残存しているとかんがえている。丸山真男によれば、この第一の方向の「民」は、政治的無関心のほうへ流れてゆき、支配者による第二の方向の「封じ込め」に間接的に力をかすことになった。安保闘争は、まさに、このふたつの人「民」の間に、人間関係でも、行動様式でも、望ましい相互交通の拡大される一歩をふみだしたものだと評価された。》

「望ましい相互交通」などという理解は誤まっているし、また「拡大」されることもない、と吉本はいう。しかし、丸山はいうだろう。「私」的利害を優先する真正のブルジョア民主主義は、政治的無関心層を貫流し、支配層の盾となって革新運動を封じ込めてきたのではなかったのか。だからこそ前衛主義とか啓蒙主義意識とかは、この政治的無関心層を革新運動へと移動・合流させるためにこそ、たたかってきたのではなかったのか、そのようなチャンネルがあってこそ安保闘争を高揚へと導きえたのではなかったのか、と。吉本は、再度、否、と断じる。安保過程での市民・庶民の行動性は、そのようなものとは無縁であった、としていう。

《漠然とした何もかも面白くないというムードから、物質的な生活が膨張し、生活の水準は相対的には向上はしたけれど絶対的に窮乏化がすすんで、たえず感覚的に増大してくる負担を感じながら、五五年以後の拡大安定した社会を生きてきた実感にいたる多様のなかでかれらは、安保過程で、はじめて自己の疎外感を流出させる機会をつかんだのである。》

労働者運動には、すでに大規模な大衆行動の機会があった。市民や庶民ははじめての機会にであった。そこに大きな爆発もまたあった。たしかに、市民や庶民たちは、擬制民主や擬制前衛にとりまかれ、まだ未成熟のままにたたかったにすぎない。しかし、ここには「はげしい過渡期」にふみこんだ、「真制の前衛、インテリゲンチャ、労働者、市民の運動」の成長を約束するものが示されている。ここで吉本がいいたいのは、ブルジョア民主の浸透運動はブルジョア民主の死滅運動に他ならない、ということだ。もう少し表現を変えると、ブルジョア民主の浸透を徹底的におしすめるような形でしか、ブルジョア民主主義を揚棄しえないということである。これは、形の上では、プロレタリア民主主義(社会主義)はブルジョア民主主義の徹底化を通して獲得される「一般民主主義」に他ならないとする、マルクス主義的構造改革派のいい方と似ている。しかし、本質的に異なるのだ。

ブルジョア民主主義には、徹底したエゴイズム＝私的利害の原理とともに、社会性・共同性＝公的利害の原理があり、後者を前者から切り離すような仕方で「一般民主主義」を確立してゆくことが可能だ、とするのが構革派の論理であり、みたように、「進歩的啓蒙主義」に包摂される類のものなのだからだ。

7・2▼大衆の「自立」

冒頭に引いた「前世代の詩人たち」（1955）の文は、知識人の「自立」過程をいう。至言である。中野重治は、このことをこそいいうべくしていいえなかった。しかし、これは、吉本が擬制的戦後思想に対置する一面にしかすぎない。

いま一つは、より本質的な事柄に属する。それは、大衆の「自立」過程である。ブルジョア民主の浸透過程が、なぜにブルジョア民主の死滅過程に他ならないか、を明らかにする論理がそこで示される。

丸山は安保過程で生れはじめた「望ましい相互交通」（コミュニケーション）について語った。それは、実のところ「前衛」的コミュニケーションに他ならないのだ。つまり《労働者や大衆をオルガナイズされることを待っている何ものか》と考えるからである。しかし、かれらは具体的に生活している何かではあっても、オルガナイズされるのを待っている何かではない。だから、吉本は「前衛」的コミュニケーションとは逆型のものをこそ提示する。

《もしも労働者に「前衛」をこえる方法があるとすれば、このような「前衛」的なコミュニケーションを拒否して生活実体の方向に自立する方向を、労働者が論理化したときのほかはありえない。

また、もしも魚屋のおかみさんが、母親大会のインテリ××女史をこえる方法があるとすれば、平和や民主主義のイデオロギーに喰いつくときではなく、魚を売り、飯をたき、子供を生み、育てるというもんだいをイデオロギー化したときであり、市民が市民主義者をこえる方法も、職場の実務に新しい意味をみつけることではなく、今日の大情況において自ら空無化している生活的な実体をよくヘソの辺りで噛みしめ、イデオロギー化することによってである。》（「前衛的コミュニケーションについて」『先駆』第一号・昭36・12・1）

このことを正当なものとして主張する根拠は二つある。（なおここで「イデオロギー化」とは、意識化と同じである。）第一に、

《これらの学生大衆や労働者大衆は、日常生活に馴れ、また、それにひたり切っているから、このスコラ哲学者〔黒田寛一〕の革命的マルクス主義によって急進化したり、階級意識に目覚めたりしないのではない。かんがえてもみたまえ、現在の停滞し、膨大化した独占支配下で、そのどこをさがしたらひたり切ったり、安楽になったりする持続的な時間があたえられているか。かれが、日常生活にひたり「低迷」すればするほど、どうしようもなくなっている支配の秩序を萌芽的に識知せざるをえないのだ。コントラ＝「前衛」的コミュニケーションの方法意識からすれば、この日常意識、快楽の機関はあり、物的な交通手段は拡がっているにもかかわらず、すでに日常生活そのもののなかに、どんな持続的な安楽の保証もなくなっている高度資本主義の社会構成のなかの生活実体そのものを意識化する方向にコミュニケーションの思考をむけなければならないはずである。》

市民大衆の日常的要求や、労働者大衆の経済的要求を取りあげなければならない、などという主張をここで吉本はしているのではもとよりない。日常的な自然発生的要求をくみあげ、それらを階級的・革命的意識へと合流・合体させうるというのが、他でもない「前衛」主義だからである。

ここには、大衆の自然過程のようにくりかえす日常的生活こそを最高の価値とみとめる吉本の基本見解が示されているとともに、ブルジョア民主での「私」的原理の追求が、ブルジョア社会の成熟によって、その力を強めれば強めるほど、抑圧と疎外を受けざるをえず、ブルジョア社会の変革なしに、「私」的生活を保持してゆくことが不能になる必然の過程が示されている。つまり、次のようなあり方が肯定的に評価される。

《大衆は社会の構成を生活の水準によってしかとらえず、けっしてそこを離陸しようとしないという理由で、きわめて強固な巨大な基盤の上にたっている。それとともに、情況に着目しようとしないために、現況にたいしてはきわめて現象的な存在である。もっとも巨大な生活基盤と、もっとも微小な幻想のなかに存在するという矛盾が大衆のもっている本質的な存在様式である。》（「情況とはなにか」『日本』昭41・2〜7）

このように大衆の存在様式の本質＝原型＝原像を指摘し、否定的意味で確認することは、誰もが容易にする。しかし、これを肯定的につかまえる、極端な大衆追随主義といってもよいような仕方でつかまえるのが、吉本に固有の思想なのだ。（なぜ、このようなことが、社会変革の根拠づけとして主張しうるのかは、後にみる。）

第二は、第一とともにきわめて議論をよぶ命題だが、二つは同一のことの裏表なのだ。《大衆がその存在様式の原像から、知識人の政治集団のほうへ知的に上昇してゆく過程は、レーニンやトロツキーの考察とはちがって、じつはたんなる自然過程にしかすぎない。したがって、「倫理的威容」の問題ではない。もしすべての現実的な条件がととのっていると仮定すれば、大衆から知識人への上昇過程は、どんな有意義性ももたない自然過程である。なによりもレーニンが知識人の政治集団としての前衛を障害の条件のないところであらわれる幻想的な自然集団とかんがえずに、ひとつの有意義集団としてかんがえ、大衆にたいする政治的な啓蒙と宣伝と組織づけの機能を本質であるかのように提出したとき、おそらくはロシアの座礁とロシアを模倣した「社会主義」国家の座礁が根拠をもったのである。》(「情況とはなにか」)

だからこそ、知識人の集団が有意義性をもちうるのは、「大衆の存在様式の原像をたえず自己のなかに繰込んでゆく」ほかにない、ということになる。ひとは、吉本を「自然発生性への拝跪」などの常用語で批判したり、嘲笑することはできる。そして、実際にそうした。しかし、大衆が、かつては想像もすることができないような知識人として登場してきたとき、はたして、大衆の存在様式に根本的な変化が生じえたかどうか、自問しさえすればいいのだ。吉本と原理的に同じ大衆像論を展開したのが、一七世紀中葉のオランダの哲学者スピノザであった。その大衆民主主義論は、前衛意識と組織を無効にすべきはずのものであった。だからここまでは、いわば系譜のある思考として、吉本の大衆論を理解もし、同調もできる。しかし、本当の困難はこの先にある。なぜ、大衆の原像が、最高の権力体たる国家と拮抗し、それを廃滅に至らしめる根拠となりうるのかが、証明されなければならないからである。

7・3▼幻想論の可能性

吉本は、昭和三十六年に同人誌『試行』を創刊する。その一号（昭36・9）から一四号（昭40・6）までに『言語にとって美とはなにか』（単行本化は勁草書房・Ⅰ・Ⅱ・昭40）を、一五号（昭40・10）から二八号（昭44・8）までに、後に単行本化される『心的現象論序説』（北洋社・昭46）を連載する。そして『文藝』に連載（昭41・11〜42・4）されたものに新稿を加えて編まれた『共同幻想論』（河出書房新社・昭43）が出版される。いわゆる三部作の出現だ。ここでは事柄を短縮していおう。

世界を「関係の絶対性」においてつかまえる吉本の論理を簡約すると、こうである。

世界における関係は第一に、個が個に対する関係＝自己関係、第二に、個が一人の他者に対する関係＝対関係、第三に、共同的な関係、という三つの軸でつかまえうる。この三軸の関係は、もとより屈折しあっている。ごく単純にこういった上で、吉本は、マルクスの構成しえなかった「上部構造」論を、幻想論として創成しようとするのだ。イデオロギー論を幻想論として、といっても同じである。（この場合、最高の共同幻想である国家の揚棄という課題がいつも吉本の念頭におかれていることに、注目したい。マルクスもそうであった。）

幻想論は、個の個に対する関係領域たる自己幻想（たとえば、文学の領域）、個とひとりの他者との関係領域たる対幻想（たとえば、男女や家族関係）、そして、共同的な関係領域たる共同幻想（たとえば、国家や法や宗教）に分節化できる。こういう分節化自体は、ひとがいうのとは異なって、ごく常識的である。個・家族・共同体という区分は、誰でも、日常的に体験していることがらに属するからである。そして、これを「幻想」としてつかまえるのも、それほど独創的なことではない。イデオロギー論とは、上部構造論と別物ではないからだ。問題は、吉本が世界の連関構造を「幻想」の三軸においてつかんだ、という点にあるのではない。もとより、上部構造論を共同幻想論として展開しようとする試みは、土台決定論的変革論を断ち切って、あらゆる変革はまず共同的な観念（＝共同幻想）である政治的な構成からはじまる、ということを示すためのものであった。ここには旧弊の「唯物史観」を超える思考が存在する。しかし、かさねていえば、このような思考はとくに吉本に固有なものとはいえない。

吉本に固有な思考を示す要のキイ・ワードが「逆立」である。

〈個人〉の心的な世界にとって、〈社会〉の心的な共同性は、ある〈個人〉にとっては快適であり、別な〈個人〉にとっては桎梏以外のなにものでもないというように、さまざまな形がある。しかし、「本質的な個とはただひとつである」として、吉本は決然と述べる。

《〈個人〉の心的な世界がこの〈社会〉の心的な共同性に向かう時は、あたかも心的な世界が現実的なもので、具体的に日常生活している自分は架空のものだという逆立によってしか、〈社会〉の心的な共同性に向かうことができないということである。いいかえれば、〈個人〉は自分が存在しているる仕方を逆立させることによってしか、〈社会〉の心的な共同性に参加することができない、この関係は、人間にとって本質的なものである。》（「個人・家族・社会」『看護技術』昭43・7）

吉本には、人間はもともと社会的人間ではない、という基本認識がある。孤立した、自由に食べそして考えて生活している〈個人〉でありたかったにもかかわらず、不可避的に〈社会〉の共同性をつくりだしてしまった、というのである。だから、桎梏や矛盾や虚偽としてしか〈社会〉の共同性に参加できない、人間にとっての非本来的あり方を揚棄することこそが、吉本の共同幻想論の意図なのだ、といっていい。それは、しかし、いかにして可能か？

人間は、元来、社会的人間ではなかった。しかし社会は人間にとって不可避である。ごく単純にいえば、一個の〈個人〉としては、生存不能だということだ。個であり、かつ共同性である関係を唯一矛盾なく体現しえる存在様式は、個が一人の他者に対する関係、その本質は性関係であるところの対幻想である。ヘーゲル的にいえば、徹底した自己否定に他ならない対他関係でありながら、自己の本質を失う必要のない唯一の関係である。この関係のみが人間存在の〈個人〉と〈社会〉の逆立関係を揚棄しうる、というのが吉本のたどりついた帰結である。正確にいえば、ア・プリオリな直感である。

ここにきて、ブルジョア的民主の個人原理、市民原理の浸透運動が、同時に、ブルジョア民主の国家原理の死滅運動であるといった含意を了解することができる。こういうことだ。

ブルジョア民主の個人原理、市民原理は、もとより国家原理を超えるものではない。両者は相互規定性の関係にある。（ここで、吉本は市民主義者と自分とを分つ。）しかし、自分の個人的な生活過程にまつわることにしか主要な関心事を払わない大衆の意識自体を「そのままのかたちで下降させ、深化させ」える場合には、知識人とは決定的に背反してゆく。安直な平和理念を説かれても、大衆は見向きもしないというところまで下向させていくと、これはもはや「無関心」とは異なるものである。時代の支配者の諸転換に大衆自体が決して動かない、動かないというだけでなく動かないことが思想化されるという課題がここに生まれる。自己幻想と共同幻想の逆立関係は、大衆の生活過程を意識化する課題においては、このようにあらわれるべきだ、と吉本はいうのだ。すなわち、ブルジョア民主への個人原理の浸透が大衆の意識をそのままのかたちで下降させる不可避の契機を与える、というわけだ。そして、人間存在が最後に解放されるべき様式として、ブルジョア民主の個人原理と、それと相互規定性にある国家原理が超えられてもなお残るべきものとして、共同幻想でありながら自然関係である対幻想たる性関係、つまりは家族原理を、吉本は想定する。

きわめて簡約化していうと、吉本はずいぶんと普通のことをいっていることが分かる。そして、この普通であるということが、きわめて大切なのだ。大切でもあり、思想的には理解困難なことである。このことを、まず第一に、確認しておこう。

しかし、賛成できかねる点、理論的に可能であることは現実的にも可能であると了解しかねる点を、指摘しなければならない。

第一に、人間はもともと社会的人間ではなかった、という命題である。マルクスが、ルソーの「自然人」を批判したような仕方で、人間とはそもそも社会的動物だ、などということを対置してすますことはすまい。ルソー的含意で吉本はこの命題を提起するのではないからだ。しかし、共同幻想の不可避性を対幻想からの移行として述べうる可能性とともに、原理的には共同幻想の成立があってはじめて自己幻想の成立もありえるといいたいわけだ。

第二に、対幻想が人間存在のあるべき至福状態だという命題には限定が必要だ、ということだ。吉本の思考には、家族の至福性と個人ならびに社会の非至福性とを強調しすぎる傾向がある。これは一種の疎外意識から生まれたのでは、と疑ってみたいのだ。

社会と個人はどこまでいっても不可避的に逆立関係にある。家族と個人、家族と社会においても同じだ。この三形式は、逆立関係において消滅することはない。ここまではいい。ただ、逆立の様式が社会構成のあり方によって異なるだけなのだ。この「だけ」というのは、しかし、本質的に重要なのだ。

第三に、より本質的なことがある。大衆の知識化は、吉本がいうように、自然過程であるといってよい。これは大切な認識である。啓蒙主義者や進歩的知識人が停滞をかこっているのは、なにも、保守的知識人や反動的知識人が、知識戦争において勝をせいしたからではない。ごく単純に、大衆の自然過程が啓蒙主義的知識の水準にすでに達してしまったからである。

しかし、この自然過程を押しとどめることができない事態のなかで、大衆が日常生活の過程の意識に下向するという課題は、とてつもなく大きな困難にぶつかる。大衆は知識人になる不可避性を断ち切って、日常性に意識的に下向するという二重の課題をなしとげなければならないからだ。この課題をなしとげるべき方法を、しかし、吉本は、理論的にも提起しえていない。（だから、吉本は無意味《ナンセンス》だ、などという見解は、もとよりつまらないとしたうえでだ。）吉本がマス・イメージ論へと展開してゆくその後の過程は、この困難さを解決する方法的模索の旅だと了解しえるとして、それはまだ提示されていない。

だから、最後にいおう。大衆の原像と吉本がいってきた規定は、七〇年以降、本質的に変更を余儀なくされるにいたったのではないか？　大衆＝知識人という歴史事実の前提の下では、大衆概念自体の変革が必要なのではないのか？　この歴史現実は、大衆―知識人という自明の対立項の再定義を要求する、といいたいのだ。

ともあれ、昭和三十五年から四十五年までの吉本の思想的営為は、六〇年代末に生起した学園闘争で試され、実証され、その闘争をささえる思想的バック・ボーンとなった。典型的な大衆でありかつ知識人である「学生大衆」が、自分自身の歴史的存在理由を問いただした闘いが展開されたのである。その余震はじつはいまも続いている。サラリーマン大衆＝知識人という姿をとってだ。太平洋の対岸に達して、高津波を惹起するというほどの威力をもつものになった、といっていい。

ともあれ、真正ブルジョア民主主義＝戦後民主主義思想は、吉本隆明というはじめてその最もたしかな根拠を獲得する。

8

吉本隆明　大衆の無意識を読む
──戦後思想の総体を独力で駆け抜けた論争家

＊『日本を創った思想家たち』（ＰＨＰ新書　２００９　２７４〜２８３頁）

8・1▼「現在」を生きる思考

日本戦後思考の総てを、吉本という一個の独立した人格が生き抜いた。なぜそんな稀有なことが可能であったのか。

第一に、すぐに過去に参入され、すぐに未来のなかに繰り込まれてゆく変動きわまりない「現在」とのたえまのない葛藤、対決、融和を、常に、ためらいをもって敢行してきたからである。しかも、「現在」が思考に変わることを不可避に強いたなら、その「変化」のなかにしか思考の一貫性はないということを、身をもって実践してきたからである。おのが身を、不動の一点に置いて、それを唯一の回転軸に思考を展開するという、自称「不易者」とも、「現在」をただ消費することが「現在」を語ることだとする「流行者」とも、いつも「現在」を乗り越えることのみを思考の課題とみなして預言者まがいを気取る「超越者」のいずれとも異なる境位で思考し続けてきた。しかも、二〇歳、敗戦のその日から、自覚的に「現在」を中心に抱え込みながら歩いてきた。

第二に、どこを切っても常に同一の顔が現れる金太郎飴ではないからだ。しかし吉本が思考した総てのもの、原理的な思考、テーマの一貫した評論、様々な分野の時評・書評・エッセイ、対談、講演等のどこを切っても吉本の顔が現れる。現れる顔はたしかに吉本のものだ。だが、どれ一つとして（といったらいささかオーバーになるが）同じ一つの顔はない。

ある時期、吉本の考えを猛烈に信奉する者が現れる。同じ言葉、同じ切り口、同じ結論で、まさに小吉本然とした者たちだ。場合によっては「狂信者」である。しかし、彼らは、たちどころに吉本によって振り切られてゆく。ある地点の、ある情況のなかでのみ吉本に同調して、そこにそのまま留まってしまうからである。

逆に、ある時期、吉本に憎悪の感を抱きつつ対抗する者が現れる。場合によっては、吉本本人から罵声をもって遇される者もいる。しかし、時間の推移のなかで、吉本の言説に融和してしまっている自分を発見することも稀ではない。

第三は、よく間違うからである。否、間違わないようにと必死になってきたが、ある時期から、間違うことを非としなくなったのだ。進んで間違うことに向かって躊躇しないという流儀になった。間違わないにこしたことはない。たしかに間違わない思考はある。ただし間違うような対象には手を出さないことだ。あるいは、一般論でやり過ごすことだ。常に疑問者の地位に自分を置くことだ。困難だといって深刻ぶるか、判断停止をすることだ。もうすでに崩壊しているのだが、「アカデミズム」という慰安所に立てこもることだ。あるいは馬鹿を装ってやり過ごすことである。吉本はこらすべてと違う。ここでは二つのテーマを示すに留めざるをえない。

8・2▼デモクラシーとエゴイズム

戦後もっとも早い時期から、デモクラシーの根拠にエゴイズムがある、と肯定的・原理的に述べてきた一人が吉本であった。

吉本は、一度たりとも、戦後民主主義論の二大潮流に同調しなかった。すなわち、戦後デモクラシーの原理は欲望の無制限な発動を肯定するエゴイズムである、したがって、欲望の自由を統御する社会的連帯性・共同性を第一義とするデモクラシーの実現こそ成熟した真性デモクラシーであるという、丸山真男的あるいは共産主義的民主論である。逆に、それらを「擬制」に他ならないとみなし、徹底的に粉砕してきた。

つまり、吉本は、もっとも民主的なスターリニスト中野重治と、もっともスターリニスト的な自由主義者丸山真男という、二人の典型的な戦後民主主義の「擬制」形態を、いってみれば、合理的全体主義（ファシズム）に帰結する思考原理を、批判的に、正面突破してきた。

吉本の民主主義論のエキスはつぎのようになる。

戦後一五年は、ブルジョア民主を大衆の中に成熟させる過程であった。全体社会よりも部分社会を、部分社会よりも「私」的利害を重要とする意識が着実に根付いてゆく過程であった。この過程は、戦後資本主義の成熟とみあっていた。丸山は、この私的利害を優先する意識を、政治的無関心派として否定的評価を与える。しかし事態はまったく逆なのである。ブルジョア民主の基底である私的利害の優先意識の浸透に、よき兆候を認めるほかに戦後日本社会に認めるべき進歩は存在しない。(『擬制の終焉』)

吉本は、真性民主主義はブルジョア民主主義以外ではない。したがって民主主義の進化とは、私的利害の追求が大衆諸個人の日常的課題と実現のメインテーマになるほどに、資本主義が成熟するほかない、と述べる。では日本民主主義は進化したか。資本主義の成熟がその実現を保証した、というのが吉本の思考である。

吉本は、ブルジョア民主主義の浸透と大衆のエゴイズムの進化を肯定することで、いわゆる戦後民主主義派から袋叩きにあう。エゴイズムに政治的無関心、社会的無統制(アナキズム)を看て取る「擬制」民主が掲げたのは、前衛主義である。社会的関心と全体的統制をなによりも重要なものとみなす前衛主義は、理性的統制によって支配される「民主」(大衆)という図式を描く。

吉本は、大衆が自立する、理性的な自己統治に至る過程は「自然過程」に他ならない、と述べる。だから大衆追随主義のレッテルを貼られる。しかし歴史から振り捨てられたのは前衛主義である。民主の理性的統制能力は、自然過程に、エゴイズムの成熟によって達成される、というのが私たちの前で進行している過程であって、その逆ではない。この意味では、民主とエゴイズムの問題は、すでに決着が付いていている。

8・3▼経済成長論者

吉本主義者が振り切られたもう一つの原因がある。吉本が経済成長論者だからだ。

風貌からして、吉本には「教祖」の趣がある。モデルは親鸞だ。そのせりふ回しも十分に臭い。多くの信者を集めることが出来て、不思議ではない。同じ風貌をしているのが、長谷川慶太郎氏も「教祖」である。せりふ回しも、信者の質と数も、違うが。

吉本の「信者」は、ある時期を境にして、どっと入れ替わった。なぜか。吉本の理論的先行者といっていい長谷川の日本資本主義論は、一言でいえば、日本は欧米資本主義よりもすべての場面で平等主義を実現してきたからだ、ということになる。しかも、その平等主義はぬるま湯的、親方日の丸的なものとは異なる。たえざる競争を、とりわけ現場でのイノベーションを引き出す創意と工夫に満ちたものである、と説かれ続けてきた。

意外でもなんでもないが、いわゆる吉本主義と自称した者たちが振り切られていったのは、吉本が高度資本主義の勝利の正確な意味付けを展開していったときからのことだ。七〇年代以降、全共闘世代以降のことである。

戦後思想のなかで長谷川のほかに、次のようにはっきりと問題点の核心部分をついた発言をした人を知らない。吉本は言う。

第一に、資本主義「国」は、プロレタリア解放の競争で、社会主義「国」に、相対的に勝利した。第二に、資本主義「国」の後進地域への進出は、光明面にだけ満ちているわけではない。利潤獲得の運動であるにすぎない。しかし同時に、流出された投下資本、商品、技術、知識は、後進地域の「近代化」や「現代化」に寄与し、民衆の生活水準の向上に寄与していることも確かである。資本主義日本の繁栄は、国内では勤労大衆の、国外では後進諸国の生活大衆を犠牲にしてえた結果である、という反権力的だがきわめて口当たりのよい言説を、吉本はがんとしてはねつける。

第三に、七〇年代以降、日本資本主義が高度資本主義＝消費資本主義に突入した。生産（労働）を中心とする資本主義から消費を中心とする資本主義への転換である。転換の二つの指標（メルクマール）がある。一つは、平均的な個人所得のうちで50％以上を消費に充てていること（同じことだが、国内総生産＝国民所得のうち50％以上を個人所得が占めること）だ。二つは、消費を必需消費と選択消費に分けると、選択消費が50％を超えることである。もし国民が、特に購買しなくても済むものを買い控え、その額が所得の５％を占めると、日本の国内総生産（ＧＤＰ）が３％落ち、「不況」（リセッション）が生じる。つまり、消費資本主義は、後戻りできない過程に入った（『大情況論』１９９２）、ということだ。

この「現在」の資本主義の理解なしに、生産者ではなく消費者を第一としなければ、経済はおろか政治、文化それに日常生活における国民の意識や行動を理解することはできない、ということになる。消費＝贅沢＝マイナス価値という思考はどんなに「美的」でも、力をもたない、ということでもある。

8・4▼ナショナリズム——大衆の無意識

ナショナリズムを自国中心主義的でない取り扱いによって、その肯定的側面を析出した最初の思想上の功績は、吉本隆明のものである。端的にいって、吉本のナショナリズム論は世界普遍語に達した稀な例に属する、といっていい。

おそらく、司馬遼太郎を「国士」と見立てるような意味で、吉本の中に「国士」を発見することは困難である。吉本は、ナショナルな問題を日本に固有な問題設定によって、解明してゆく。しかし、ナショナリストからいちばん遠い顔をした思想家なのだ。

もっとも、吉本は「聖戦」に命を捧げる国粋主義者として、その若き思考を始めたのである。戦中に所持した思考原理との、徹底した闘いこそが、戦後吉本がたどった長い道程の一つの重要な筋道だった。ナショナルな「魂」を内在的に超出した顔が、吉本の「現在」である。

吉本のナショナリズム論の功績は、二つの命題に集約できる。

一、大衆の無意識なナショナリズムを逆さに写しとったものが、支配者の思想と支配の意識的ナショナリズムである。

二、日本のナショナリズムの基層にあるのは、日本を「アジア的」なもので染めあげている「無意識の同一性」とでも呼びうるものである。（「柳田国男論」1984〜87）

ここで、「アジア的」なものは、「停滞」の根拠として、語られているのではない。近代日本が、西欧的なものとぶつかり、それとの融合を深めながら、独特の仕方で西欧化のコースをたどり、「超西欧へ」と到達したのには、この日本ナショナリズムの基層にある独特な「無意識の同一性」の存在に負うところが多い、と吉本に代わっていおう。しかし、この「アジア的」なものが、吉本のいうようなアジア、日本に固有なものかというと、そうとはいえない。

司馬遼太郎の小説には、近代化に達するまでの日本の、日本人の苦闘と勝利がいきいきと描かれている。しかし、近代化の過程のなかで、日本が「超西欧へ」までのぼりつめるコースをよく書き切るところまでゆかなかった、ゆきえなかった、といわざるをえない。この司馬の仕事を継いで、吉本の理論的な考察をいく層にも膨らますような仕方での作品（文芸）の出現が期待されている。

ところで、「超西欧」とは何か。高度産業社会・高度消費社会・高度大衆社会の、三位一体的達成である。この達成を成し遂げたのは、一人日本のみである。おそらく問題は、高度大衆社会で、この社会は「階級」の解体と、豊かさ・自由・平等・平和という社会主義的理念を「実現」した。残された重要な課題は、「国家を開く」ことである。国家権力の解体ではなく、国家間の開かれた関係を構築することである。

「無意識の同一性」をもはや「アジア的」なものと呼ぶ必要はない。それは、スピノザが、マルクスが、フロイトが、そして吉本が、自己の思考原理の中心に共通に置いたものだからだ。問題の中心は、その「無意識」を説得的に述べようとする場合の論の組み立てと、中心カテゴリーの設定にあるように思われる。比喩的にいえばこうである。

「無意識」という一つの山に登ろうとする場合、沢山の登はんルートがある。ある者は、最長ルートをゆっくりと登ろうとする。そのため、補給線の確保に最大の注意を払う。ある者は、最短コースの岩場を登ろうとする。しっかりした登はん用具と強靭な体力が必要になる。登ろうとする者は、それにふさわしい装備と準備をするのは当然である。

吉本が、「ハイ・イメージ論」で目指しつつあるのは、この「無意識」に達する吉本独特の論理と中心カテゴリーの獲得であると見て間違いない。

9 吉本隆明の最後の遺訓は「反原発は猿だ！」である

＊「日刊ゲンダイ」（札幌版　2012・3・28）
『大コラム　平成思潮　後半戦』（鷲田小彌太、言視舎、2018　445頁）

三月一六日、吉本隆明（87）が亡くなった。戦後日本の世界標準（グローバル・スタンダード）の思想家は誰か、と問われたら、吉本が第一にあがる。二に梅棹忠夫（1920〜2010）、三に山崎正和（1934〜2020）である。三人とも平成の最近まで旺盛な思考活動をやめなかったが、すでに亡い。この三人はきわめて違ったスタイルで言動活動をしたが、科学技術の進化を肯定した点では共通していた。

△「反原発」批判

「思想界の巨人死す」と多くの人がマスコミで発言し、書いたが、ほとんど書かれなかったのは、吉本が原子力発電の科学と技術を肯定したことだ。

もちろん吉本は科学技術万能論者ではない。科学技術の不完全さ、限界を語る。だが、科学（技術）は自然（法則）を超絶することではない。自然の模倣であり、利用なのだ。人間は自然を模倣し、利用しなければ生存できない。その模倣、利用である科学技術に失敗はある。しかし人類が積み上げてきた科学技術の成果を一回の事故で放棄していいわけではないし、できるものでもない。原発はそんな科学技術の成果の一つである。重要なのはこの欠陥を改善し、安全な技術に不断に高めることだ。こう吉本はいう。

△大江の猿語

大江健三郎はフランスの書店祭で、日本政府の原発再稼働を批判し、原発の即時停止を訴えた。大江は、原発に全面依存しているフランス政府とフランス人に向かって、反原発と即時原発停止を訴えたか。女優の岸惠子のようにフランスの原発は安全ですというんじゃないだろうね。ドイツ政府のように、「脱原発宣言」をしながら、フランスの原発電力購入で口をぬぐうやり方に賛成しているわけじゃないだろうね。

日本は、原発の再稼働か一時停止かにかかわらず、想定可能な「危険」を回避できる技術を即刻実現する方向を選択する、これが合理的で実現可能な方策である。でなければ吉本のいうように「反原発は猿に！」という事態を招く。

△自然に万全はない

関東大震災は起こる。想定内だ。この地震の最大震度も想定できる。東京をこの想定される地震に耐えうる建物、インフラに変えることができるだろうか。即刻はできない。ならば東京都民を強制移転するか。できない。東京を捨てるか。できない。起こってみて、できないかできるかがわかるのだ。

阪神大地震の経験をもとに、可能な限り耐震整備を進めるしかない。これが自然とそれを模倣する科学技術とのノーマルな関係である。原発事故もそれを防止しようとする科学技術も例外ではない。自然にも、それを模倣する科学技術に万全はない。万全を期す努力を欠かせない理由だ。

10 戦後思想の目録と吉本隆明——21世紀を拓く思考

＊『月刊 Asahi』（1992・6）『増補吉本隆明論』（三一書房 1992・8 557〜570頁）

10・1▼世界思考と拮抗する

日本に独自の思考はない、あるものはもの真似、密輸入の類である。いまなおこのように語る人がいる。時代はますます混迷を深め、不透明を強めている、等と眉をひそめる人も多い。しかし、戦後日本は、世界の諸思考と拮抗するにたる思考を生み出したのである。社会主義の崩壊、湾岸戦争等に示された世界史の大転換は、細部に渉るまでくっきりと鮮やかに世界史の動向を見通せることを可能にした。このことを認めない人、認めたくない人は、戦後史が私たちに与えた知の富に鈍感な人、総じて言えば思考の怠慢、停滞に身を置いていることを自ら証明している人にすぎない。

二一世紀を臨む最後の一〇年間、私たちが確保した思考の基本枠とは何か。この点から話を進めていこう。

一九世紀末が二〇世紀に託した思考の世界ということに限って言えば、「科学と社会主義」であった。この「夢」は、人類に、豊かさと自由と平等と平和を与える「現実」の力として作用してきた。しかし、資本主義の「矛盾」を解決すると公言してきた社会主義は、資本主義との「競争」に敗れて崩壊した。科学（技術）が人類に至福をもたらすという「信仰」は、科学技術こそ、地球規模での環境破壊を引き起こす元凶であるという世論形成の前に、虫食い同然になってしまった。では、社会主義と科学が「現代の悪魔」に化した、と断じてよいのか。そうではない。社会主義と科学というも、それは、ともにイデオロギー（イズム・主義）と科学との奇妙なアマルガム（合金）に過ぎないものだった。（その典型産物が「科学的社会主義」という用語だ。）

イデオロギーも科学も、人類の生存にとって不可避なものである。問題は、それぞれの存在理由と限界を可能な限り明らかにするかどうかだ。イデオロギーと科学との「密通」をやめ、両者の関係を構築し直すことが重要なのだ。以下、この関係を立て直そうとした思考者に的を絞って、日本戦後思考の財産目録を作ってみたい。もとより世界思考と拮抗する思考に限ってである。

10・2▼デモクラシー――丸山真男・中野重治vs大西巨人・福田恆存

戦後思考の中で最も特徴的なのは、マルクス主義とデモクラシーの「合体・融合」（アマルガム）

の没落である。思考者でいえば、マルクス主義者の中でもっともデモクラットであろうとした中野重治と、デモクラットの中で「エゴイズムの社会化」を主張した丸山真男の没落である。二人は、最終的に、デモクラシーの根拠にエゴイズムを置くことを原理的に否定する。デモクラシーは、「一票」に還元される多数者原理にではなく、理性に基づけられるとき、すなわち、真理を把真理を把握しそれに基づいて行動する知的選良の統括のもとに置かれるとき、正常な働きをする、と主張し、「一票」に還元されるデモクラシーは、ファッシズム（全体主義）の温床になる、という。中野はデモクラシーを民主集中制（前衛党の組織原則）に従属させる。丸山は大衆デモクラシーを「近代的理性」の未成熟物とみなす。

これの対極に位置するのが、大西巨人と福田恆存である。大西は、マルクス主義者の中で、徹底したデモクラシーだけが社会主義の原理にならなければならないと主張する唯一の思考者である。福田は、デモクラットの中で、エゴイズムを原理とした国家主義（道徳、法、国家権力等）だけが正当性を持つ、と主張する稀な思考者である。二人は、ともに、デモクラシーの根拠にエゴイズムを置く。エゴイズムとは何か。個人の生命と財産の不可侵（基本的人権）に集約される思考・行動の原理である。国家、社会、共同体、組織等が自由で個人が不自由な社会原理と対極にある思考だ。したがって、大西と福田は、思考の立場を異にしながら、ともに、社会全体・共同体・組織の利益・目的のために、個人の生命と財産を手段・犠牲にする思考を拒否する。目的は手段を聖化しない、と断じる。マルクス主義者大西は、民主主義的中央集権主義（前衛主義）の対極に立つ。国家主義者福田は、国家を否定する思考敵でさえ、その生命はもとより、表現の自由を保証すべきことを主張する。

大西や福田の思考は、原理的に言えば、特に新しいわけではない。しかし、戦後一貫して孤立を余儀なくされてきた思考なのだ。だが、デモクラシーが大衆操作の「イチジクの葉」であることをやめ、エゴイズムが特権ではなく多数者のごく普通の生きる原理となりつつある現代日本社会で、新しい意味をもって登場不可避な思考である。

10・3▼歴史観――梅棹忠夫

戦後歴史観を支配し続けてきたのは、西洋中心主義的な進歩史観であった。マルクス主義の「唯物史観」――原始共産制――古代奴隷制――中世封建制――近代資本制――共産制という発展史観――もその一バリエーションである。歴史は、西欧的「近代文明」へ向かって進化してきた。「未開」、「未成熟」はこの「西欧近代」へ向かって進化すべきである、とされる。「文明化」とは「西欧化」であり、「西欧に追いつけ」というのが非西欧国に共通のスローガンであった。日本も例外でない。

この西欧中心主義的な発展史観を根本からくつがえす思考を展開したのが、梅棹忠夫である。梅棹は、世界を大きく二つの地域に分ける。一つは、「近代文明」へ進化してきた地域である。いま一つは、それとは異なる文化形成を行ってきた地域である。前者と後者は、発達―未発達の関係にあるのではない。社会構造の異なる地域にすぎない。したがって、どちらが優れているか、などと問うことは出来ない関係なのだ、というのが梅棹の主張だ。

梅棹は、さらに、日本は「近代文明」へと進化してきた「西欧」型の国であって、アジアの同族ではない、という。西欧諸国や日本は、「最近数十年間の、近代文明の建設時代だけでなく、ずっと昔から、封建制の時代から、しらずしらずのうちに、平行進化をとげてきたのだ、ということになる。だから、この点からも、明治以来の日本文化の発展は、歴史の法則の、必然的な展開にすぎない。文明の改宗とか、西欧化とか、いうべきものではなかった、ということになる」(「文明の生態史観序説」『中央公論』58・2)

梅棹は、第一に、西欧的近代をモデルにして、その適合・逸脱度をもって日本の近代化の度合いをはかる「近代化論」を無効にする。第二に、ソ連を唯一のモデルとして日本の社会主義化を尺度するコミンテルン型社会主義論を無効にする。第三に、中国をモデルとして日本社会主義化を尺度する革命論を無効にする。第四に、西洋対日本を基本にして展開する日本固有主義(「日本主義」「日本例外論」)を無効にする。この梅棹の思考は、最初、冷笑をもって迎えられた。しかし、実に長い無視期間をくぐり抜けて、思考のメインストリートに浮上した。

10・4▼天皇(制)——吉本隆明VS網野義彦VS鷲田小彌太

「『天皇制』とデモクラシー」の関係は、とてもやっかいな問題を含んでいる。西欧近代デモクラシーは、君主制を打ち倒すことによって成立した。ところが、日本近代デモクラシーは、天皇制を要求（「復古」）して成立した。そして、デモクラシーを超越した天皇大権の名のもとに、戦前の専制主義的侵略国家が成立する。戦後、国民「主権」（デモクラシー）が確立する。しかし、日本国憲法の第一章は「天皇」である。だから、非デモクラットな存在（天皇）を頭部にいただく日本のデモクラシーは、擬似形態にすぎない、という意見が出るのは当然であった。戦後は戦前型の天皇制を本質的に引き継いでいる、という。

この問題に、吉本隆明は、三つの命題で答える。

一、天皇制の本質は、政治権力の掌握・行使にではなく、宗教的権威にある。

二、戦後天皇（制）は、政治的・経済的にブルジョワジーの影になった。したがって、戦前の天皇制への復帰の可能性はない。

三、天皇（制）は、日本資本主義が倒れれば、根底からなくなる。より具体的にいえば、農耕社会がなくなれば消滅する。

六〇年前後に出されたこの見解は、右翼主義者ばかりでなく市民主義的民主主義者にとっても、許容不能な、右翼天皇主義へニアミスを犯したガラクタとみなされた。

吉本の見解を、七〇〜八〇年代に、マルクス主義者網野善彦が補強・修正する。修正は、第三の命題にかかわる。網野は、天皇制が、農耕民ばかりでなく、非農耕民、とりわけテクノロジスト（技術者・芸能人）を支柱にしてきたことを明らかにすることで、農耕社会消滅の後も、天皇「存続」の可能性を主張する（『日本中世の非農業民と天皇』岩波書店　84年）。このような見解も、天皇制擁護論として、旧左翼陣営から猛烈な批判を浴びたのはいうまでもない。（ただし網野の本意は、皇統廃滅にあった。したがってのちに共産党系を含む「新」左翼陣営の本流になっていった。）

たしかに、戦後「天皇制」は戦前型の「天皇制」と異質である。しかし、「天皇制」の本質（アイデンティティ）は、国家の「象徴」、「統合観念」にある。それが、政治権力化した時こそ「例外」であり「異形」なのだ。したがって、天皇はいかなる政治権力とも、もとよりデモクラシーとも共存可能である。戦後天皇は見事にデモクラシーばかりでなく、高度技術産業社会にもフィットした、といいうる。

さらに昭和天皇の死を契機に、「マルクス者」鷲田小彌太は議論を進める。デモクラシーはエゴイズムを原理とする。エゴイズムの無制限な行使を、とりわけ政治権力闘争でコントロールする機能を欠いている。この闘争を「超越」し「統合」する「一者」（世襲される・形式的・象徴的ナンバーワン〔ヘーゲル〕）の機能をはたすものこそ天皇である。したがって、天皇こそが、デモクラシーの補完機能をはたすことができる（『天皇論』三一書房　89年）、と。鷲田は、天皇の、特殊日本的意味ばかりでなく、普遍世界的意味を、提起するのである。

10・5▼アメリカニズム——鶴見俊輔・鮎川信夫

戦後、アメリカの政治経済文化生活の総体が、戦勝国として、日本国家権力を超越した軍事占有力とともに、日本にどっと入ってきた。その国と力に対して、日本は、常にアンビバレンツな対応を強いられたのは当然だった。六〇年安保闘争を支配した国民感情の第一は、「ヤンキー・ゴー・ホーム」という民族主義的なものである。

思想面において、アメリカニズムは、一種侮蔑の対象であった。それは、産業主義、したがって、利潤第一主義、拝金主義の代名詞であり、その代表的哲学プラグマチズムは、思想原理を持たぬ、その時々の現実と辻褄を合わす思考とみなされた。プラグマチストと名のることは、思考者であることと両立しないとみなされた。

言うまでもないが、富が集まるところ、文化が高まり、思考もまた豊かになる。これが世界史の鉄則であった。アメリカとて例外ではない。アメリカ的思考の豊かさを、「リベラル」というキーワードで押さえて、戦後終始説き続けてきたのが鶴見俊輔である。「リベラル（自由主義者）というのは、資本主義と合作しうるし、共産主義とも合作しうる。リベラルということが、自由を守りひろげることに熱心な流派と考えるならば、リベラルな資本主義の支持者もありうるし、リベラルな共産主義者もありうる。リベラルでないところのある種の資本主義支持者、ある種の共産主義者、ある種の封建主義者と、はっきり対立するところの概念なのだ。」（「自由主義者の試金石」『中央公論』57・6）

この「リベラル」という思考をさらに広げる形で、戦後ずーっとアメリカを追ってきた鮎川信夫は、アメリカは世界の縮図であり、そこへいたる道こそ世界普遍への道なのだ。したがって、アメリカと切断された国は、思考は、世界に、世界普遍思考に到達不能となる（鮎川の主張は『時代を読む』〔文藝春秋 85年〕のコラムに凝縮されている）、という。

戦後日本は、アメリカ思考から、産業的効率を学び、その点でアメリカを抜き去った、といってよい。しかし、アメリカ思考の富の中核は、その多様さにある。敵の存在を許容し、異質なものと共存する。したがって、多様で生命力に富んだ思考なのだ。残念ながら、現在もなお、この思考の富を汲み尽くす気分をおおいに欠いた時代の真っただ中に日本はある、とだけ言っておこう。

10・6▼成長論――石橋湛山・長谷川慶太郎

戦後日本は、植民地を失った。軍需・産業施設は壊滅的な打撃を受けた。国民は職ばかりか、住むところを失った。まさに飢餓列島が出現した。しかも、占領下にあった。呆然自失のとき、ジャーナリスト石橋湛山は、「更正日本の前途は洋々」だ、と喝破する。その立論の基礎にあったのは、国民主権、平和国家、教育・技術立国、農地解放をはじめとする民主制度の確立である。つまり、戦後憲法こそが、日本の前途洋々な発展のスプリングボードである、と断じたのだ。（この石橋の思考が、戦後自民党の具体的な政策の基礎に置かれたことは忘れないほうがいい。）

しかし、戦後復興を終え、高度成長過程の中に突入したときでさえ、日本はその「二重構造」（下請け、非近代農村、終身雇用制、家族的経営、家父長制、封建的エートス等の存在）のゆえに、高度成長は不可能である、という悲観論が支配した。さらに、高度成長が一段落した中で生じた「オイルショック」のとき、エネルギー資源を持たない国家日本の成長限界が叫ばれ、「日本沈没」を始めとする超悲観論が闊歩した。

そのとき颯爽と現れたのが長谷川慶太郎であった。長谷川は、石油は枯渇したのではない。問題は価格である。価格つり上げが、オイルショックの本質である、と断じた。しかも、この価格上昇は、非産油国日本にとって、省エネルギーを技術化する不可避の駆動力になる、とのべた。オイルショックから二〇年、産油国アメリカ、ソ連はどうなったか。省エネルギーばかりか技術開発の競争で日本に遅れをとった。しかし、社会主義ソ連は論外として、なぜ日本はアメリカや西欧との競争に勝ち続けたのか。今後も勝ち続けるという楽観論が可能になるのか。長谷川は言う。

軍需小国ということはある。しかし、問題の核心は、日本が、欧米諸国より、社会制度全般――政治・経済・文化・社会生活――にわたって、より民主化されている、端的にいえば、平等主義だからだ。つまり、デモクラシーの度合は、日本の方が高いということである。この点に気づき、それを是正することなしに、欧米諸国は日本との競争にたえることは出来ない。ますます差は大きくなる、と。

長谷川は、超楽観論を述べようとしているのではない。高度産業社会における日本の「勝利」は、それを可能にした条件、デモクラシー、端的には平等社会の実現に負っているという、ごく当たり前の（しかし、実現可能な）原則に基づけて自説を展開しているにすぎない。もとより、自国中心主義、日本例外論とは無縁である。

10・7▼ナショナリズム――司馬遼太郎

自国中心主義的なナショナリズムは、先進的外国に対する劣等意識と表裏一体である。日本ならびに日本人は、かつて中国、近代以降は西欧に対するコンプレックスで、苦しめられた。この劣等感は、戦後日本が経済大国になっても、否、なればなるほど、排外主義的な民族感情を誘発させる類のものであった。しかし、大枠で言えば、日本ならびに日本人は、そうはならなかった。

司馬遼太郎は、日本歴史の節目節目を「歴史小説」化することによって、日本歴史の固有性、進取性を浮彫りにする。そして、自国中心主義への通路とは別な、民族感情を高揚させることで民族感情を解放するという、デリケートでかつ困難な思考実験に成功した。

戦後世界は、民主主義の時代であると同時に、民族主義の時代でもある。「国益」と「民族感情」

が裸のまま闊歩しだした時代だ。しかも、資本主義大国アメリカの鼻先に社会主義小国キューバが出現したり、同じアメリカが社会主義小国ベトナムに「敗北」する、というようなことが起こった時代なのだ。

しかし、大国小国を問わず、民族感情の高揚は自国中心主義、排外主義と紙一重である。キューバは、世界の各戦地に軍事出動することで、社会（主義的）排外主義の「模範」となり、ベトナムは、カンボジアを軍事侵略することで社会排外主義のモニュメントを打ち建てた。大国アメリカ、大国ソ連の、自国中心主義は言うまでもない。そして、中国は、「第三世界」の民族独立諸国を自国の政治的野心のために徹底的に利用した。戦後世界とは、偏狭なナショナリズムの狂乱の場であり、現在なお、その「饗宴」の残骸を野ざらしにしている。

戦後日本がこの狂乱の圏外にいたなどと言うことは出来ない。しかし、エコノミックアニマルと叩かれ続けながら、政治的、経済的、文化的、思想的のいずれにおいても、民族排外主義から身を避けえてきた、という事実は確認しておかなければならない。戦後日本の政治形式、経済組織、国民感情等は、アメリカから「配給」された特殊異例なものではない。日本歴史の固有性に根ざしたものである。しかも、この固有性の展開のなかにこそ、世界の諸民族共存（解放された民族主義）のモデル形式がある、と司馬は発言し続けてきた。大衆小説という形で、日本人の歴史観、国民感情を変革してきたのだ。その力は圧倒的であった。影響は絶大であった。

10・8▼大衆社会——松下圭一・山崎正和・今村仁司

戦後日本を、大衆社会の成立という観点で、肯定的に展開しようとしたのは、マルクス主義者松下圭一である。松下は、この大衆社会を、「市民社会」とも「労働社会」とも連続しない、新しい歴史存在とみなすべきだ（「大衆国家の成立とその問題性」『思想』56・11）という。従来、大衆とは、「市民」（ブルジョア）や「労働者」（プロレタリア）のように階級的自立性を持たない、砂のようにバラバラな存在を指した。これに対して、松下は、政治・経済・文化の主体になりうる「大衆」が登場する社会を提示してみせた。しかし、この卓絶した主張は、左翼前衛主義者の「批判」によって生き埋めにされる。

山崎正和は、七〇年代をつぶさに概観することで、生産第一主義の産業社会の構造的変化が、国家、企業、地域、組織、家庭等に同質化しない、「柔らかい個人主義」を生み出した（『柔らかい個人主義の誕生』中央公論社　84年）、という。この議論は、松下の「大衆社会」論と直接つながる。

山崎は、生産を第一義とする社会に成立した、理性的・自立的・自己同一的「個人」に対して、消費が第一義となった社会の「個人」の変貌を肯定的に描いて見せる。この山崎の見解は、「新人類」の肯定的理解ともつながり、二一世紀へ確実に受け継がれるべき思考なのだ。使い捨てで飽食、理性的よりも美的な価値判断を好み、集団主義から距離を取り、理想主義的でなく、即時的な快楽を求め、将来設計を先延ばしにする、自分本位のこの「新人類」たちを、「柔らかい個人主義」で判断すると、世界史の新しい可能性が見えてくる、といってもよい。

この時代転換を、「労働社会」からの転換としてとらえるべきである、というのがマルクス主義者今村仁司である。労働・生産第一主義の社会からの転換は、資本主義にのみ固有なのではない。社会主義崩壊の必然性は、労働を人間の本質とする「労働社会」にある。労働・生産なしに人間社会は存続しえない。しかし、労働・生産から解放されてある社会、労働が人間にとって第一義的な意味を持たない社会になって初めて、人間は「解放された自由な社会」をむかえる（『仕事』弘文堂88年）と今村は言う。この見解は、従来の社会主義観に決定的な変更を強いるものだ。

10・9▼マルクス主義——廣松渉

今世紀末の最大の思想史的事件は、マルクス主義の解体である。戦後マルクス主義は、「唯一」専制主義的「天皇制」に「屈服」しなかった思考として、凱旋した。しかし、半世紀たった今、マルクス主義は、「勝利した思想」から「敗北の思想」に転じた。その権威と魅力は零になった、といってよい。

マルクス主義の「敗北」は、社会主義国の崩壊によってもたらされた。マルクス主義という思考は、現実社会に照応しなくなった、時代遅れのがらくたである。このような意見が大多数を占める。

マルクスに発する思考は基本的に正しかった。しかし、社会主義の歴史がそれを歪めた。このような意見も根強くある。だが、思考が現実に照応しないなどは、往々ある。否、本質的ですらある。また、思考が、その「創始者」の見解を離れ、歪曲することだって多々ある。否、不可避ですらある。福田恆存的に言えば、社会主義が勢力を回復してくれれば、またぞろ、レコードの空回りよろしく、社会主義思考の宣伝にこれ努める輩が排出する、ということにすぎない。

マルクスは、近代思考を総括した。その上で、近代思考を乗り越える思考を生み出そうとした。このマルクスの果たしえなかった「偉業」を、思考原理（「哲学」）の体系的展開によって果たそうとしたのが廣松渉である。廣松の試みを端的になぞれば、一切の思考は、マルクス的思考で包括できるということになる。これはたいそう魅力的な考えだ。廣松の思考線は、学知がたどりうる全方位へ向けて拡張され、多くの成果がもたらされた。戦後哲学思考から廣松を差し引けば、貧弱なものしか残らないだろう、といってよいほどにだ。（廣松の試みの総体は、『存在と意味』〔岩波書店〔三部構成で、第一巻が82年に、第二巻が93年に出たが、第三巻は未完〕〕で示される。）

しかし、総てをマルクスという河口へと導き、そこからあらゆる海路へと思考を出奔させる試みは、マルクス的思考を「全能者」の地位におくというだけでなく、マルクス的思考の「固有性」を消失させる試みでもある。乱暴にいえば、廣松の赫赫たる成果は、マルクス主義思考の解体の原因でありかつ結果でもある。とはいえ、いつも思考（思弁）というものは、全世界をだれかれの名のもとに包括し、それを可能な限り引き延ばしてゆこうとするからこそ、世界をなぞるだけではない、新しい世界を呼び込む、創造的と呼ぶにふさわしい思考の成果を生み出すことが出来るのだ。

10・10▼吉本隆明

戦後思考の目録を飾る思考者は、他にもいる。しかし、ここでは、七〇年以降の、二一世紀につながる思考の要素を取り上げることで、諒としなければならない。

ただ言い添えておけば、戦後思考は、個々の思考者がばらばらに登場し、勝手に演じた舞台の集合物ではない。どんなに無関係に思えるものの間にさえ、内的なつながりはあるのである。その内的連関の総てを、独立した人格が生き抜いた。吉本隆明である。稀なことと言っておこう。吉本こそ、戦後思考の生きた目録である。

11 『吉本隆明論』（三一書房）「あとがき」

＊『吉本隆明論』（三一書房、1990、457～462頁）

1　昭和六二年夏、私は、本書執筆の意図を次のような点において作業を開始した。

拙著『昭和思想史60年』（三一書房　昭和61）は、この種の本としては異例に近い反響を得ることができた。しかし、思想の歴史を、さまざまな時代意匠をつなげるような仕組のみでモザイク貼りして提示するやりかたではおのずと限界がある。思想とは、どんなに力んだとて、独立した思考者の説得力ある展開以外には、生命力あるものとしては実存できない。もし、昭和思想史を強い説得性のあるものとして叙述しようとすれば、前著とは別に、特定の思考者の口吻をかりて論じ切るという作業が不可欠なのだ。この思考者ということですぐ思い浮かぶのは、戦前では、三木清、中野重治、小林秀雄であり、戦後では、吉本隆明である。

では、戦後思想史の検証作業として、数ある思考者の中から吉本を特に取り上げるのはどのような理由からだろうか。

1。吉本は、戦後思想の価値を、単純明快な形で受け取るという通弊を免れて、その思想的出発をはたした。つまりは、時代意識の代弁者としてではなく、時代の批判的思考者として、しかも、戦前的価値を、思想自体としてトータルにのりこえようとして自力で出発した。

2。一九六〇年以降、吉本は、戦後思想の定型を批判しながら、しかも、戦後価値をその最も深いところで擁護する論陣を張る。

3。一九七〇年以降、思考のラディカリズムを保持しながら、ラディカルにしか過ぎない思考群の批判者として登場する。ここで、ほとんどの「吉本主義者」が振り切られてしまう。

4。一九八〇年代、吉本は、マス論をさらに発展させ、高度資本主義社会の可能性と不可能性を、独自な方法で分析してみせる。（この分析の背後には、常に、社会主義社会の可能性と不可能性の展望が示されている。）これによって、吉本に共感を抱き続けてきた思考者たちを、最終的に振り切ってしまう。

以上の四点は、戦後思想史の論争を呼ぶメインテーマのすべてが、吉本において体験されていること、現にあることを如実に示しているといってよい。これらに加えて、

5。吉本は、原理論、状況論の両面において（古典論、現代論の両面といっても同じである）、それぞれ独自な展開をしている。しかもこの両面は、一方が他方にもたれかかるということのない、他に還元不能な内実で展開されている。

6。さらに注目しておいてよいのは、吉本が、たとえば、構造主義やポスト・モダン派、イリッ

チ派等、海外のさまざまな思考型を、ワン・ノブ・ゼムとして取り扱う力業を示し続けていることだ。紹介者としてではなく、独立した思考者として対面する。単純に言えば、世界的思考を、常に同時性においてつかんでいるということだ。

7。最後に、論争家であるということをあげておこう。吉本は、戦後思想の重要な論争に、自ら参入した当事者である。しかも、党派的思考――群れる思考――を常に拒否して進んだ。だから、どこまでも論争家たらざるをえないということになる。

以上瞥見したように、そのテーマの包括性と時代意識の転換の推進者という両輪において、吉本の思考を通じて戦後思想の可能性と不可能性を検証することは、単なる戦後思想史の補助作業的展開ではないと思いたい。吉本とは何者かをいうことをとことん論じることによって、戦後史の太い思想的幹が見えてくると予測できるからだ。

私は、「執筆注意」を次のようにメモした。

・吉本隆明の全体評価をだすということに主眼を置かない。

・主眼は、あくまでも戦後思想歴史の検証である。だから、吉本の個体的な事情等を細かく詮索することはしない。

・詩、詩論等については、必要なかぎりで触れるにとどめる（?）。

・哲学専攻者（鷲田）としての特色を保持しながらも、可能なかぎり大衆的に、つまりは読みやすく書く。

・執筆期間は、確定的なことは言えないが、一年間で仕上げること。つまり、脱稿予定は、昭和六十三年九月。

以上の点を書きつらねて、六十二年、編集者に手渡した。

――今、第一部を脱稿して顧みるに、これら「予定」のうち最も大きく外れたのは、「執筆注意」の二項であった。一つは、吉本の個体的思考（癖）にまで入り込むような結果になった。これは特に、「予定」変更というほどのものではないが、予想以上に吉本の思考内部にとらわれてしまう結果になった。二つ目は、脱稿期間がほぼ一年半ずれこんだことだ。編集者と約束して、遅れをきたしたのは、初めてのことである。理由がないわけではなかった。途中に、『脳死論』（昭和63）、『天皇論』（平成1）の緊急的執筆依頼があったからだ。しかし、思い見るに、とりわけ『天皇論』が書けたことによって、吉本論に道筋が出来たのだから、これはたしかに必要な「遅れ」であった。

2　吉本隆明から、つい最近まで、直接的に、影響らしいものは何も受けなかった、と断言してよい。六〇年代に、いくぶん程度以上にオーソドクスな形でマルクス主義を学んだ者の眼には、吉本は異端以外のなにものでもなかった。大学闘争はなやかかりしころ、私はその絶対否定的批判を書いてみたほどに、吉本との距離は遠かったといってよい。

吉本を正面から読みはじめたのは、社会主義の理念を垣間見たポーランドの連帯運動評価と文学者の反核運動に敵対した「反核」異論を手に取ってからであった。いわば、かつての吉本「主義者」や「共感者」が最終的に吉本を「見限った」時から、私の吉本「接近」は始まった。

もとより、私は吉本主義者ではない。主義者ということについて言えば、私は自分をマルクス主義者でかつスピノザ主義者というように規定している。しかし、スピノザとマルクスをつなぐ線上に吉本がぴたりとはまるというのが私の思想史家としての吉本評価の第一である。この線上には、アルチュセールがおり、フーコーがいる。ソシュール、ニーチェ、フロイトがいる。柳田国男もこの線上に置いてみたい。よりわたくし的に言えば、大西巨人もである。

吉本との「きまじめ」な格闘は、思想史の、より限定して言えば、哲学史の書き替えというわたしの年来の「夢」に繋がってゆかざるをえない。いくぶん見通しがついたので、精力的に取りかからなければと考えている。

3　第五章〔「ポストモダンの思考」〕すなわち八〇年代の「現在」を書いているときに、東欧諸国の大激変に遭遇することとなった。わたしは、次の四項を思考のモトーとしている。

＊1　人間は、考えたものは、それがどのような根拠にもとづくものであっても、実現してしまう。これは、十分に恐ろしい。

＊2　人間は、念じたものは、それがどんなに馬鹿げていても、実現せずには置かない。これも恐ろしい。

＊3　人間は、何かをやり始めると、極端までいってしまう。これが、一番恐ろしい。

＊4　しかしよくしたもので、人間は、よく知ってしまうと、非実践的になってしまう。そして、人間にとって一番幸福なのは、机上の空論をもてあそぶときなのだ。考えたことが、実現不能だと

思いなすときだ。つまり、「心の平静《アタラクシア》」（エピクロス）である。

だから。いかに激変とはいえ、別に騒ぐことでもないし、驚くに値することでもはない、と自分にいいきかせている。しかしこのことと、かの激変の思想的歴史的意味をとことんまで論究してみたく思わずにいられないこととは、何ら矛盾しない。第五章は、いわば最新「現在」と交差するという幸運に出会った、ということを書き留めておきたい。

4　吉本隆明論は、その三分の二を展開したにすぎない。原理論の部分が残ったままである。論究にとっての困難は残っていない（と思いなしている）ので、別な仕事を挟んでののち、少し間を置いて出版にこぎつけたいと考えている。

文献・資料その他で、いつものように長谷部宗吉さん（札幌大学図書館勤務）に世話になった。三一書房編集部の林順治さんには、細々したところまで手の届くような助力をいただいた。形どおりとはいえ、深甚の意を表したい。

最後に、札幌に戻って七年。変わらず苦言（とそれをはるかにうわまわる励まし）を呈し続けてきてくださった、パブリックセンターの戸沼礼二さんに本書を献じたい。本書が、戸沼さんの問い質しに対する期待された回答となっていないことは十分に承知しているつもりではあるが、後をゆく者の切実な言として受け取ってもらえれば幸いである。

深雪の馬追山にて

一九九〇年二月五日　　鷲田小彌太

12 『吉本隆明論』(私家デジタル版　第3版)「あとがき」

＊2011／7／14

吉本自身が、吉本論、ひいては評伝を書く思いを見事に語ってくれている。本文でも引用したがあらためて掲げておこう。

《千年に一度しかあらわれない巨匠と、市井の片隅で生き死にする無数の大衆とのこの〈等しさ〉を、歴史はひとつの〈時代〉性として抽出する。

ある〈時代〉性が、ひとりの人物を、その時代と、それにつづく時代から屹立させせるには、かならずかれが幻想の領域の価値に参与しなければならない。幻想の領域で巨匠でなければ、歴史はかれを〈時代〉性から保存しはしないのである。たとえかれがその時代では巨大な富を擁してもてはやされた富豪であっても、市井の片隅でその日ぐらしのまま生き死にしようとも、歴史は〈時代〉の消滅といっしょにかれを圧殺してしまう。これは重大なことなのだ。たくさんのひとびとが記述の世界に、つまり幻想と観念を外化する世界にわずかでも爪をかけ、わずかでも登場したいとねがうことは、歴史のある時代のなかで〈時代〉性をこえたいという衝動ににている。そのために、かれは現実社会での生活をさえ祭壇の供物に供し、係累するひとびとに、とばっちりをあびせかける。これが人間をけっして愉しくするはずもないのに、この衝動はやめさせることができない。こういう人間の存在の性格のなかに、歴史のなかの知識のありかたがかくされている。しかしけっきょくは、こんな知識の行動は、欲望の衝動とおなじようにたいしたことではない。幻想と観念を表現したい衝動のおそろしさに目覚めることだけが、思想的になにごとかである。生まれ、婚姻し、子を生み、老いて死ぬという繰返しのおそろしさに目覚めることだけが、生活にとってなにごとかであるように。》(『カール・マルクス』)

もちろん吉本とはちがうコース取りで、わたしも、ヘーゲル、マルクス、スピノザを書き、アルチュセール、ソシュールをたどり、わが野呂、柳田、司馬、佐伯泰英、漱石、坂本龍馬、福沢諭吉等の像を掘り出そうとしてきた。これからも続けるつもりである。しかしマルクスと吉本以上に一人の作家に執した付き合いはこれからはないだろうと予想できる。ともにかるーく一〇〇〇~二〇〇〇枚をその一人のために費やしてきたのだ。ここに特記する理由である。(2011/7/15)

13　書評

1▼言葉と〈信〉

＊「今月の文庫三冊」『中央公論』１９９０・６　『鷲田小彌太書評集成　Ⅰ』（言視舎　２０１１　３６６頁）

文庫本の体裁に新機軸を付け加えたのは、講談社文芸文庫である。「作家案内」に加えて、「著書目録」を付けた。とりわけ、「目録」はありがたい。

その最近刊の一冊、吉本隆明『西行論』は、読みやすい本ではないが、「ひとりの人間」を述べる仕方の極北に位置しているといってよい。

吉本の関心は、なぜ西行は「出家遁世」したか、に集中している。その理由を探ることが、「西行とはなにものであったか」に答えることだというのである。吉本の言葉を借りればこういうことだ。

《たんなる〈信〉のひとは、同時代にたくさんいた。たんなる言葉のひともまた同時代にたくさんいた。ただ〈信〉を言葉がどう扱ったかという特異な項目を時代に要請したのは、西行がはじめてだったのだ。じぶんの言葉がじぶんの信仰をどう扱うか、これは西行だけが、ひそかにじぶんに課した独自のテーマだといっていい》

ここで「言葉」とは言うまでもなく「歌」のことである。西行の「歌」に西行の〈信〉の在り方を尋ねるというのが、吉本の行き方である。何も、特異なことはない。しかし、もっとも困難なことなのである。どうしてか。

西行とはなにものか。有力な北面の武士、佐藤憲清であった。しかし、それは、西行の「前身」ではあっても出家し（てなっ）た西行ではない。しかし、「法師」西行とはなにものか。「伝説」はいくつかのことを教えてくれる。よくある行き方は、真実（そうな）事跡に、「歌」をかぶせて傍証とするやり方である。ここでは、「歌」はあくまでも、西行の生き方において補完物にしかすぎない。

これに対して、吉本は「歌人―法師」西行とはなにものかを、歌の歴史と〈信〉の歴史（同時代史を含む）の交差において解明しようとする。その成果は、羨ましいほどに見事である。「西行論」を媒介に、歌論も更新され、宗教論も革新されるほどにである。

2▼批評としてのテレビ時評――吉本隆明『情況としての画像』（河出書房新社）

＊月刊『Ａｓａｈｉ』１９９１・９『鷲田小彌太書評集成 Ⅱ』（言視舎 ２０１１ 19頁）

吉本隆明がテレビ時評をしていることを知らないできた。ド田舎に住んでいる悔しさを味わう思いをするのはこんなときだ。吉本よりも、もっとテレビ好きだと自認しているので、なおのことその思いが強いのである。それが、一冊の本になった。

吉本のいうように、テレビ的な領域はまだよく正体がつかまえられていない、製作者と視聴者、テレビ会社とスポンサーの間で、やみくもに映像や画像を送ったり、受像している世界である。したがってなのか、いまだかつて、胃の腑に落ちるテレビ時評を目に耳にしたことはない。それぞれ勝手に、テレビに対する「まえもっての思い入れ」（偏見）や貧弱で私的なテレビ体験をもとに論じてきたにすぎないように思える。あらゆる領域に瞬時に浸透しながら、どんな重要な事件でも小さな事件でも、平面受像装置のなかで、等価にしてしまうテレビは、論じるほうにきちっとした用意がなければ、いかなる高説もはねかえしてしまうのである。

それにしても、テレビ番組の流れを追いながらスイッチを入れ、腰を浮かしぎみにしてさえもテレビにとらわれ、実にていねいにそのときどきの画像について論じている吉本を見ると、最初にやってくる感情は、やはり「もったいないな」というものである。無駄をあえてやるな、である。しかし、その感情をやり過ごすと、「この瞬間」を「永遠の一瞬」としてつかまえようとする「情況論」にとって、テレビほど危険で魅力的なものはないことに気づかされる。テレビ批評がいい加減なのは、じつのところ、恐いという無意識が働くからだ、ということがよく分かる。

漫才の内海好江や横山やすしは、テレビタレントの芸のなさを嘆く。しかし彼らの芸は、ただ長い時間をかけて習得されたにすぎない「自然芸」なのである。しかもそれは、もはやブラウン管の映像のスピードについていくことは出来ない。ところが、素人芸と見紛うばかりのタモリ、さんま、とんねるずの「悪ふざけ」は、画像の高度化が、芸の動きと芸でない動き、芸の表情と芸でない無意識の表情との間を、区別や断絶もなくつなげてゆくことで可能にした、「解体芸」なのである。このことは、球場で見る野球とテレビで見る野球の面白さの違い、にも当てはまる。こういう吉本は、技術高度化が強いる大衆の思考・趣向の変化に、瞳を凝らしてテレビに対面しているのである。

しかし、とくに奇抜なことが語られているわけではない。美空ひばりの「天才」や、ソウル・オリンピックで男子体操の二人の高校生が見せた思いもかけない善戦を語る口調は、ひばりの演歌やスポーツ嫌いな人をも納得させずにはおかない共通意識に達したものなのである。つまり吉本は、思考や趣向を、誰にでも分かる言葉と気分に分解して差し出しているのである。これは、テレビ評が批評の〈技術〉を獲得した、稀な例なのだ。

現在の思想課題と直接する場面に出合うことも、もちろんある。「朝まで生テレビ！」で床屋談義を続け、いつまでも半人前で、そのときどきの世界党派の一方に同伴する小田実たちを批判したり、エコロジスト、とりわけ反原発派に繰り返し痛棒をくらわす場面なのである。ただこの場面では、吉本は余裕をもって、吐きすてるように語るのが特徴だ。ここでの焦点は、個人の好みとしての問題ならば、どんな反動でも退化でも農本主義でも結構なことだ。しかし、運動や狂言として主張され、組織させるとき、その理念に加担すべき根拠はまったくない、というものである。

この時評集は、具体的な生産物を作って、それを商品にして販売・再生産する産業でない産業、イメージ産業、広告・宣伝、情報産業（テレビは、このすべてを含む）が肥大化してきた「現在」革命の意味を、資本主義の必要悪を考えても善と考えても等価であるとみなす吉本の基本思考が、もっとも切実な声を発する臨場なのである。しかも、その声は少しもこわばっていない。

3▼日本人は、いつ、どのようにして日本人になったのか――吉本隆明『母型論』（学習研究社）

＊「週刊読書人」1996・1・12『鷲田小彌太書評集成 Ⅱ』（言視舎 2011 71頁）

日本人は、いつ、どのようにして日本人になったのか、という問いは、抗しがたいほど魅力的な問いである。しかし、「起源論」というのは、すべて魅力的な問いに違いないが、厳密で正確な解答の不可能な領域である。どのような「証拠」を積み重ねていっても、万人を納得させるに十分な「基準」を満たすことの至難な水域である。つまりは、いわゆる科学的決着をつけえない問題群である。そう覚悟した上で、だが、この至難で不可能な問いに接近することこそが、「哲学」思考の重要で不可欠な課題に違いないのである。吉本が、本書で白熱した仮説的思考を重ねる努力は、すべてこの問いに捧げられている。

日本人とは、日本語を話す種族のことである。しかし、奈良朝以降の日本語という枠組みからはみ出す表意や表音が、『記』『紀』の神話や神名のなかに、『万葉』や『おもろさうし』や『アイヌの神謡』や日本列島の『地名』のなかに、遺出物のように保管されている。だから、文字表記がなされなかった以前まで遡行して、日本語とはなにかを考える必要がある。これは、日本人の「起源」を探索するいわば常套句な行き方である。吉本も、この行き方をとっている。しかし、問題は、どのような方法を取って進むかである。

吉本は、「いちばん安易な方法」と断りながら、やはり、人間の個体の心身が成長してゆく過程と、人間の歴史的な幻想の共同性が展開してゆく過程との間に、ある種の対応を仮定する。

角田忠信は、旧日本語族やポリネシア語族が、母音の波の響きを左脳（言語脳）（西欧語族をはじめとするそれ以外の語族が右脳（非言語脳））優位の側で聴くのは、母音がそのまま意味のある言語になっているからだ、と推定する（『脳の発見』）。加治工眞市は、与那国方言が三母音からなり、与那国方言と東北方言に共通なカ行音、ガ行音の規則性があるのは、「ん」音の働きによる、と指摘する。

これら諸説を援用しながら、吉本は、琉球語と東北語にある共通の特性をとりだし、それ自体として意味を形成するわけではない「ん」音が、前言語的な世界に、言語的な「陰画」の世界を招き寄せるいちばん普遍的で多機能的な響きをする、と推定する。そして、このような旧日本語的な特徴は、幼児期の「あわわ言葉」を離脱した直後の言語状態に対応している、と結論づける。

また、この結論を補強するように、たとえば、C・C・ターナー「歯が語るアジア民族の移動」を引きながら、日本列島人は、一万七千年くらい前に東南アジア大陸の沿岸部から移動して住み着いた「スンダ型歯列」の旧日本人（縄文時代人、アイヌ人にその特徴がおおく残されている）と、二千年ほど前、日本列島に移住してきた「中国型歯列」の新日本人の二層からなっている、と推断する。

私たちは、砂浜が波に洗われた瞬間にしかきらめかない、石のかけらを集めてくるような吉本の思考の「手つき」を堪能しながら、貴重で平凡な「仮説的」結論に到達して、いったんは、安堵で胸をなでおろす。しかし、吉本の目線は、「起源論」に（ばかりに）あるのではない。「序」で、こういう。

《おまえは何をしようとして、どこで行きとどまっているかと問われたら、ひとつだけ言葉にできるほど了解していることがある。わたしがじぶんの認識の段階を、現在よりももっと開いていこうとしている文化と文明のさまざまな姿は、段階から上方への離脱が同時に下方への離脱と同一になっている方法でなくてはならないということだ。》

つまり、個体史の過程と人類史の過程に対応関係を見いだすという方法は、現在の「起源」を見いだすと同時に、「超」現在を見いだす（現在を開く）認識課題を負っている、ということだ。過去の「遺出物」を採集する作業が、未来の可能性を見いだす探索と重なっていることである。いつも、現在を離脱して未来に開くことを自分に課している吉本の思考に、多くの読者が躓くのは、「起源」論が、まったくのロマン主義的な「反動」と無縁である、という「起点」においてである。

吉本は、なぜ、現在、先進的な地域（アメリカ、ドイツ、日本）が、景気後退のあるなしにかかわらず、世界の負荷（ロシア、東欧、アジア、アフリカ地域から由来する）を引き受ける役割を、まったく一人で背負わなければならないか、を超現代的な「贈与論」（「原始的な贈与の高次な反復概念」）として展開する。だから、吉本は、ここで、この負荷を引き受けなければならない理由として通常採用されてきた、援助、文明化、伝統や自然の破壊という概念を拒否する。高度消費社会の「肯定的」な理解とワンセットで出てくる「贈与論」（「定義論」）の冷静で断定的な議論と、仮説に仮説を重ねて進められる日本語＝前日本語論との比較も、いま日本がどの地点を歩いているのかという視点をからめ、ぜひ堪能して欲しい。

4▼「最先端」と「最も厚い層」との融合──吉本隆明、聞き手・田原克拓『時代の病理』（春秋社）

＊『読む』（岩波書店　1993・11）『鷲田小彌太書評集成　Ⅱ』（言視舎　2011　122〜123頁）

吉本隆明には、ここ十年の間、圧倒的な影響を受けている。吉本を読みながら、いつも「自分」を読んでいる姿を発見して、たじろぐことがしばしばである。吉本の目線で、「ワシダとは何者か」と問い、答える反復練習を自分に仕掛けざるをえなくなる、という体のものだ。これは、自分を自立した思考者であると思いなしたい者を、複雑な気持ちにさせる。

吉本の目線とは、単純化していうと、二つのテーゼに要約できる。第一は、世界における最先端の問題を、問題設定の起点に置くいき方である。第二は、世界におけるもっとも厚い層の問題を、問題設定の基点に置くいき方である。この二つのいき方は、前衛問題と大衆問題というように縮尺していってもよい。

凡百のいき方は、前衛問題と大衆問題を切り離す。吉本は、常に、二つを必然連関のもとでつかまえる。このいき方は、吉本の扱うすべての問題処理を、とても総体的で説得的なものにする原動力になっている。この最新刊でもそうだ。

例えば、「バブル」の崩壊である。

「バブル」の崩壊を、この本の聞き手（田原）も含めて、消費中心主義、利潤至上主義的な経済行動の破綻ととらえる。したがって、飽食や浪費が批判され、「清貧」が美徳とされる。

しかし、吉本は、「バブル現象」の核心を、日本やアメリカ、それに、ドイツ、フランスの先進国が、消費資本主義国に突入した不可避の最先端現象としてとらえる。ここでは、消費額が所得の半分以上で、しかも消費のうちの半分以上が「選択消費」になっている。企業でいえば、利潤の半分以上を消費に、あるいは、設備投資に使える。個人でいえば、所得の、あるいは、消費額の半分以上をガマンして使わなくても、理論的には生活水準（必需消費額）はぜんぜん落ちなくて済む、ということだ。これが、90％の「中流」意識を規定している本体である。このような企業や大衆

〈最も厚い層〉の現在のもとで、「過小」生産や消費を説いても、後ろ向きの非現実の「解決」にしかいたらない。

吉本は、したがって、このような現況のもとでは、「欠乏」の倫理ではやってゆけない地点にきたのだ、という。私なら、「過剰」の倫理こそ必要になっている、といってみたい。（この点は、拙著『日本資本主義の生命力』〔青弓社〕で概略のべた。）

本書は、「〈個〉としての病理現象」、「〈社会〉としての病理現象」、「転換期における病理の行方」の三章仕立てになっている。聞き手が、カウンセリングを主体とする「性格研究センター」の主宰者であることもあって、第一のテーマが起点になっている。しかし、興味をそそられるのは、第二の、老齢化社会問題や、新新宗教に対する独特のアプローチである。二つだけ、重要なテーゼを抜き出してみよう。

老齢化社会というが、いつの時代でも、青年と老人との割合は同じである。（つまり、65歳以上が、何パーセントを超え、青年がその扶養の過重負担に耐えられなくなる、等という問題設定は、無意味である。）

新新宗教の教祖たちが若者をひきつけるのは、その〈超人〉体験にある。（オウム真理教の麻原彰晃は、分裂病者が無意識の強迫から作り出している体験や感覚異常の体験の世界を積極的に自在に作ることが出来ている。いってみれば、心の「中間」領域と「表面」領域のところで、カウンセリングをみずからも必要としたから、それを克服するために修練をしたのである。したがって、カウンセリングで、一対一のカウンセリングではなく、距離感のあるカウンセリングを必要としている人は、新新宗教にひかれて入ってゆく。)

ところで、この本で一番気になるのは、「病理」という規定である。90%の「中流」意識を、「病理」と吉本はとらえない。「バブル」も、場合によれば、新新宗教だって、病理という視点ではとらえない。「正常性」とは、常に、相対的な概念である。「平均性」といったほうがよい。しかも、人間は、この「平均性」から逸脱・偏向することを免れないというのが「人類という絶望的な存在」の基本性格であり、しかも、その絶望性のなかにしか人類の可能性はない、というのが吉本の基本思考なのである。したがって、聞き手の「病理」概念と、吉本の「病理」という言葉とは、具体的に接点をもつと必ず、ただちに逆方向へ向かうのである。この緊張感は、なかなかに面白い。ともあれ、社会の最も先端の柔らかい問題領域を、最も厚い層の存在と意識の局面を基底において追求する吉本の白光状態の思考を堪能して欲しい。

5▼鷲田小彌太さんおすすめの10冊――吉本隆明『わが「転向」』(文藝春秋)

*「ほんとうの時代　特別増刊号」(PHP研究所　1998・7)『鷲田小彌太書評集成　Ⅲ』(言視舍　2013　30頁)

吉本隆明を吉本ばななの父親ということで興味をもつという人が増えた。もちろん、ばななが隆明の娘なのだ。格を間違えてはいけない。丸山真男と拮抗できる思想家が吉本である。

吉本には、思想家であることのこだわりがある。どんな対象でも、自分の思考で料理しようという意志と、料理できるという自信がある。この意志と自信があると思えない人は、思想などという「毒」を料理しないにしくはない。

しかし、思想をどんなに毛嫌いしても、わが人間周囲はイデオロギーで囲まれているのだ。オウム事件は犯罪現象としてだけではなく、思想問題としてもあるということだ。それで、やはりのこと思想の料理人が必要となる。

吉本のものにはどれも、戦後五〇年の日本歴史の思想的意味が込められている。読むと、誰もがその意味と無関係に生きてきたのではない、という感慨にとらわれる。しかもつねに「現在」にかかわっての歴史である。古くて新しいのが人間であり、つまりは思想なのだ。

6▼こころの「初期」状態を解明――吉本隆明『心とは何か』（弓立社）

＊「週刊読書人」（2001・10・5）『鷲田小彌太書評集成 Ⅲ』（言視舎 2013 77～79頁）

吉本隆明の「本」の読み方は、つねに、自分のアイデア（着想）やセオリー（理論）に役立つものを、「本」の著者の体系の中に位置づけなおして、取り出すという点で、まことにまとも（オーソドックス）でかつ見事なものです。まともというのは、著者に寄り添いつつ、その中心を取り出し、吉本の思考を豊かにしてゆくからです。しかも、そのアイデアもセオリーもきわめて実用的な関心に貫かれています。わたしも可能な限り、吉本流に読もうと心がけている一人です。

本書『心とは何か』の副題は「心的現象論入門」となっていますが、以前、わたしは、吉本を戦後思想史の全行程と対応させた厚い本を書いたとき、これを導入部に、言語論と共同幻想論と心的世界論を三部構成として「本論」を展開するという課題を設定していながら、実現することができなかったという苦い経験をもっています。「心的現象論」で躓いたからでした。でも吉本理論の解説書など書かなくとも、吉本の論述がものを考え、問題を解決するのに少しでも役立てば、それでよろしいという気持ちになり、少しく吉本理論の呪縛から解かれた気がしています。わたしと同じような感じをもつ人も少なくないのではないでしょうか。

本書は、精神医療を仕事にしている機関や人々を対象にした講演集です。一つの理論的核は、フロイトの無意識論とユングの集合的無意識論を比較検討し、吉本の無意識論がどのようにできあがっているのかを明らかにするところにあります。もう一つの核は、三木成夫の解剖学にもとづく生物の構造・機能・進化論を紹介し、身体論が心的現象論のよりいっそうの展開に大きな手がかりを与える確信をえるところです。

しかし、理論的関心を特にもたない読者にも役立つのは、なぜ無意識の理論や身体論が精神医療にとって必要なのか、有用なのかが、手に取るように鮮やかに説かれるところです。いま「乳児期」というところだけに焦点を当ててみましょう。

1　授乳期という、母親がもっぱら未開・原始の共同体の蓄積を一身に体現した人間として、乳児の世話をするという、人類に特徴的な時期なしには、精神の病はありえない。

2　母親と乳児の関係の中には、絶対的といっていいくらい夫婦の関係がどうなのかということが含まれている。

3　母親が乳児に写した精神の振る舞いの範囲を超える異常ということは、まず人間にはありえない。

4　日本の母親の乳児の育て方は、西欧のやり方と比較して、生まれてからある時期は母親が全世界だという育て方をする。

この四つのきわめて説得的な「仮説」に対して、あなたはどういう理解と態度をとりますか？登校拒否や家庭内暴力という形で現れる精神の病が、母親が接する乳児期のあり方にこれほど決定的に起因するというなら、子どもを産んだり育てることなどできない、したくない、という選択もあるでしょう。「困難」の認識が、困難の克服ではなく、回避に導くというのは、よくあることですね。でも、現実の対応がどうであるにしろ、認識なしには困難もない、発見できない、というのが吉本の立場です。

いまひとつの三木成夫の身体論の業績です。

1　人間の胎児が受胎32日目から一週間の間に水棲段階から陸棲段階へと変身をとげ、そのあたりで母親は悪阻になったり、流産しそうになったり、劇的な状態を体験する。

2　内臓の発生と機能と動きを腸管系の植物神経に、感覚の作用を体壁系の動物神経に、はっきり分ける。

吉本は、〈こころ〉は内臓の動きと結びつくことを第一義とした一つの表出である。知覚は感覚器官や体壁の筋肉や脳の回路と結びついた表出である。内臓系の〈こころ〉のうごきは自己表出の根源であり、体壁系の感覚器官のはたらきは指示表出の根源をつくっている、という知見を受容します。こうして、乳児期の問題が胎児期の問題に、自己表出と指示表出という言語表現理論が、内臓と体壁のはたらきと結びついた心と感覚器官の身体論の問題にまで遡及してゆく根拠を、三木から吉本は獲得します。ここは感動的な部分ですよ。

乳児といい、胎児といい、内臓や体壁といい、全部、こころの「初期」状態としてつかまれます。無意識の領域ですね。この無意識の領域が解明されなければ、わたしたちの周囲に生じているさまざまな問題がたとえ社会的に解明され解決されても、本当の解明や解決には至りません。それほど精神の病の問題は深い所に根拠をもっているということです。さらに身体論の領域まで進むと、身体障害の問題は、人類がいちばん最後まで持ち越す問題だろう、といいます。わたしもまったく同感です。ぜひ、福祉関係に携わる人たちに読んでほしい部分です。

7▼「新刊　私の◎○」

＊「朝日新聞　日曜版」1997・8・17『鷲田小彌太書評集成　Ⅲ』（言視舎　2013　161頁）

◎①『僕ならこう考える』（吉本隆明著、青春出版社）
○②『30代でしなければならない50のこと』（中谷彰宏著、ダイヤモンド社）
○③『和英・英和タイトル情報辞典』（小学館）

①吉本隆明が「人生論」を書いた。それも人生相談調のをである。吉本がどのように編集者の問いに答えるのか、予想しながら読むとおもしろさが倍増する。浮気は話さない方がいい。もしばれても小出しにする方がいい。などの「実践」的な処方訓もたくさんある。
②人生論といえば、吉本の子供の年代に当たる中谷彰宏がおすすめ。毎週一冊の割合で本を出す中谷の最新作は徹底した実践論で、ちょっと年上のハンサムな兄貴が相談に乗ってくれる。
③こんな便利な辞典が欲しかった。ラナ・タナー主演の「イミテーションラブ」の邦題は、と索引でたどれば「イミテーション・オブ・ライフ」で「悲しみは空のかなたに」。記憶に誤りがあった。短いコメントがついて、ミステリー、新聞雑誌、ジャズ等十八ジャンルを収録する。

8▼思想なんてそんなに面倒な扱い方をしないぞ！――吉本隆明『僕なら いうぞ！』（青春出版社）

＊「月刊　悠」（１９９９・11・１）『鷲田小彌太書評集成　Ⅲ』（言視舎　２０１３　252頁）

「思想」は原理的には単純なことを問題にします。私も思想家の端くれのように数えられていますが、そんな私と原理的にいえば同じという思想家はかなりの数にのぼるのではないでしょうか。ところが、個別的な問題になるとそうはいきません。まったく異なった見解になるという場合だってしばしば生じます。

吉本隆明さんは私が四十代の頃からもっとも影響を受けた思想家の一人です。そして、驚くことに、個別具体的な問題でも、およそ八割くらい同じ意見ではないか、と思えるほどなのです。

吉本さんは、戦後思想家の中で、丸山真男さんと同じくらい、アカデミズムに対しても、ジャーナリズムに対しても大きな影響を与えてきた人です。吉本さん抜きに戦後思想史は語れない、もう少しいえば、吉本さん一人を追っていけば戦後思想史の略図が描けるというほどの人です。

ところが、この思想家吉本さんが生きた世の中を見る目、語る言葉が、とてもいいのです。大衆的なのです。この本にもそんな意見がばんばん出てきます。

不況時代です。物書きの吉本さんも例外じゃありません。その不況対策。

①できるかぎり、程度を落としたり、読者をなめた物言いをせずに、易しい表現をする。

②どんな分野も厭わず、主題として立ち向かう。

③残業につぐ残業で仕事時間をのばす。

どうですか。売れることを頭に入れ、仕事を選ばず、仕事を多めにするが、仕事の内容は落とさない、というのは物書きでなくとも実践可能でしょう。

不況だから、贅沢をやめろ、などというのは権力者の思想で、「民衆が着たいものを着たり、食べたいものを食べたり、進んだり休んだり自由にできるようになることは、歴史の主要な目的なんです」というのですから、私は大喝采です。

人員整理（リストラ）などと大声でいう人がいるが、会社にとって惜しいなどという人材はどの分野にもいないということを知ってのことか、というと思えば、子供を妊娠してから一歳になるまで母親が子育てに専心するのがいい、などときっぱりいうのですね。

大学で、学ぶもよし、遊ぶもよし、しかし、いずれにしろ自分で決める力をつけろ、だから、「自分で学び、自分で見つけてやることだけが、本当の勉強です」とまっとうな指摘をします。

興味深いのは、「人殺しはなぜいけないのか」という質問に対する、「それなら、俺が許すから、殺してみな」という答えです。この答えは、誰もが抱いている実感でしょう。良いか悪いかの前に、偶然にしろ必然にしろ、人は契機がなければ人を殺しません。

どうです、吉本さんは、思想の「原理」でも凄いが、普通の人の「実感」を大事にすることがよく分かるでしょう。

14　吉本隆明の「遺言」

1▼隆明さんはいない　一人で歩くこと……

＊2014・3・12　6：00〜7：30　横浜市緑区区民文化センター　主催：社会福祉法人「試行会」講演レジメ『大コラム　平成思潮　後半戦』（鷲田小彌太、言視舎、2018年　491頁）

1　「現在」の最も困難な問題に正面から立ち向かう

①吉本は、つねに人間大衆（の生活）に、世界（の生存）に、開かれた「現在」を対象に思考をする独立の思考者（free thinker）である。

②吉本（1924〜2012）は、『野性の思考』のレヴィ＝ストロース（1908〜2009）や『知の考古学』のミシェル・フーコー（1926〜84）よりも、グローバルスタンダードに思考する。

③個人にとっても、社会にとっても、世界にとっても、「現在」を開く＝解決する思考、これが吉

本思考の大前提だ。

1・1　「現在」は消費資本主義である

「大衆の豊かさ」という視点＝①大衆が収入の50％を消費。②消費の50％以上が選択的消費（日本では60％以上）、③消費税の拡大が労働者に有利、④労働日の短縮（1/3〜1/2が休日）

⑤この消費資本主義は「乗りこえ不能」なのか？　吉本は不能といい、資本主義の不能を予測する。

⑥ポスト消費資本主義は存在するのか？　吉本は存在するという。わたしも存在するだが、やはり資本主義だ。

1・2　日本の「停滞」　本当か？

①停滞＝デフレ：原因、社会主義の崩壊＝安い生産（労働）コスト、価格のグローバル化＝高いところ↓低いところ、技術の移転。but、いずれ「平準化」してゆく。

②国家を超えて＝ボーダレス↓国家は開かれる。（鷲田　同時に国家（国民）権益を保持しようとする。）「平和」貴重だが、軍備拡充志向は欠かせない。

③産業構造の、高速変化↓日本は突破可能　but、国際競争力にさらされる。

④日本と日本人は「停滞」しても生きてゆける↓yes　but、これは予測不能だ：「生きてゆける」の意味いかん。国家＝国民統合と自立・同盟のもとで。

1・3　社会主義の崩壊　決定的

①「鎖国」は困難、一国中心主義は難しい。ロシアで起きたことは、チャイナでも起きている。

②「利潤」獲得をめざす資本の活動＝資本主義は、「過剰な欲望を無制限に発動しようとする」人間にフィットしている乗りこえ不能のシステム。最大利潤をめぐる戦いは不可避。
③社会主義は、社会主義「政策」であって、自由競争から生まれる格差の是正がリミット。したがって、社会主義「運動」（衝動）はなくならない。

2　家族の「現在」
2・1　対幻想＝性関係に基礎を置く、閉じられた関係
2・2　家族関係と会社関係は、「逆接」
会社にいいことは、家族に不都合だが、家族にいいことをもたらす。
家族にいいことは、会社に不都合だが、家族に不都合をもたらす。
いい会社人であり、同時にいい家庭人であるためには、よほどの「努力」を強いられる。
2・3　家族の崩壊　家族の再生産の必然（必要）に迫られなくなった
健康保険＋年金→家族の再生産を必然としなくなった。老後の生活の心配が無くなる。子どもが不可欠でなくなる。一人でも（のほうが）よくなる。

3　原発を「現在」問題としてみる
3・1　科学は自然の模倣にすぎない

①原子炉は自然の模倣：太陽も、地球も原子炉（釜）、エネルギーの「塊」である。
②原子力エネルギーは統御が困難だ、危険なエネルギー源だ。太陽も地球も、その自然力に任せるしかない。but、人間の技術はともかくも核エネルギーを「釜」に閉じ込めることを可能にした。
③廃棄物の再処理技術の確立は「現在」までできていない。自然にまかせるしかない。しかし不可能か？ ともに「不十分」だが可能にしてきている。

3・2 科学の応用である科学技術には、科学性（自然の模倣）と応用性（倫理 政治）という、次元の異なる問題がある

①政治の次元で技術を捨てる、賢愚、どちらをとるか。
②政治と倫理の理念を振りまわすと、現在ある技術のほとんどを否定しなければならなくなる。飛行機、新幹線も、自動車も、自転車でさえ、さらには、あらゆる乗り物でさえ。
③技術文明を削減したり、廃棄した経験が、人間社会にはない。それをやるのか。やれるのか？

3・3 原発 反原発（科学）と反核（政治）を結びつける理念は錯誤だ

①原発も、ただの技術だと見極めるべきだ。
②統御には細心な注意を払う必要がある。しかし「万一」とか「想定外」を理由に「原発」を廃棄すると、どうなるか。水力、火力、「自然再生エネルギー」（風力、太陽光）に、万一や想定外はないのか。もちろんある。大いにある。
③原発も、「自然」の再生エネルギーではないのか？ その通り。疑う余地はない。

2▼構造変化と原理論で「状況」把握――吉本隆明・読書案内

＊『北海道新聞』夕刊　2014・3・14　「全集」（晶文社）刊行が発表された。そのコメントとして。『大コラム　平成思潮　後半戦』（言視舎　2018年　495頁）

まず吉本隆明の思想にスポットライトをあてましょう。読書案内のためです。吉本は難解だといわれます。でも理解したくない人が、知識人やマスコミに多いからでもあるのです。

案内といっても、膨大な著作のうち数冊限定で、書名（キイ・ワード）にかぎります。

1　吉本ぬきに、戦後日本の思想を語ることはできません。しかも、一八世紀はイギリスのヒューム、一九世紀はドイツのヘーゲルが世界標準でしたが、二〇世紀後半と二一世紀は吉本が世界標準なのです。この時期、吉本と比肩する仕事をした人は、世界にまだいません。

2　吉本は「情況」＝「現在」（いま・ここ）が抱える、流動ままならない、複雑でやわらかく、鋭い対立を呼び起こす、最も難しい問題を考え、明解に答えました。

例えば、「不登校」「バブル」「差別」「性差」「原発」等々です。しかも「現在」の問題を、「世界史の中心の構造的変化」とのかかわりでとらえます。たとえば、「バブル」を高度＝消費資本主義の不可避の現象とみなし、その肯定面、大衆が豊かになった（生存に不要な消費＝浪費が生存に必要な消費＝必需を上回り、労働時間が劇的に短縮した）側面に光をあてます。

①「現在」は『重層的な非決定へ』（85年　「重層的非決定」）

②「中心構造の変化」は『自立の思想的拠点』（70年　「大衆の自立」）と『大情況論』（92年　「消費資本主義」と「選択消費」）

3　吉本は流行問題を、時代の構造変化としてだけではなく、人間と世界の基本認識、つまりは哲学＝原理論としてもつかまえます。人間世界全体を、最新のグローバル・ネット社会を包括する「関係の絶対性」（「存在は実体ではなく関係だ」）の哲学で、しかも対自（自己）・対他・対《つい》の三関係でつかむのです。独特なのは対＝「性」関係で、この関係抜きに家族は理解できないとします。

③「原理」論は三部作『言語にとって美とは何か』（65年）、『共同幻想論』（68年）、『心的現象論』（71年〜）です。人間の本質は「言葉」＝「幻想」である、言葉は関係の絶対性としてつかまれる、という要点をおさえてください。

4　吉本の思考力の源泉は、その独特の「読解力」、書物を読み解く力にあります。書物は世界の一要素、ときに中心の一つです。書物を読まない、読めない思考の功罪はとても大きいのです。

④「読書」は『書物の解体学』（75年　「初期条件」）を参照ください。

二〇一二年三月一六日に亡くなった吉本の仕事＝著作から学ぶのは、これからなのです。

[著者紹介]

鷲田小彌太（わしだ　こやた）

1942 白石村字厚別（現札幌市）生。66 大阪大（文・哲）卒、73 同院博中退。75 三重短大講師、80 教授、83 札幌大教授（哲・倫理）、2012 同退職。

主要著書　75『ヘーゲル「法哲学」研究序論』（新泉社）、86『昭和思想史 60 年』90『吉本隆明論』（三一書房）、91『大学教授になる方法』（青弓社）、92『哲学がわかる事典』（日本実業出版社）、96『現代思想』（潮出版社）、2001『「やりたいこと」がわからない人たちへ』（PHP 新書）、07『人生の哲学』（海竜社）、11 ～ 17『日本人の哲学』（全 5 巻全 10 部）15『山本七平』19『福沢諭吉の事件簿』（言視舎）、著書（外国語訳書等を含め）260 冊余。

本文 DTP 制作………勝澤節子
編集協力………田中はるか
装丁………山田英春

「重層的非決定」吉本隆明の最終マナー

発行日✣2020 年 11 月 30 日　初版第 1 刷

著者
鷲田小彌太
発行者
杉山尚次
発行所
株式会社言視舎
東京都千代田区富士見 2-2-2 〒 102-0071
電話 03-3234-5997　FAX 03-3234-5957
https://www.s-pn.jp/
印刷・製本
中央精版印刷㈱

Ⓒ Koyata Washida, 2020, Printed in Japan
ISBN978-4-86565-192-8 C0010

言視舎刊行の関連書

日本人の哲学1 哲学者列伝

978-4-905369-49-3

やせ細った「哲学像」からの脱却。時代を逆順に進む構成。1　吉本隆明▼小室直樹▼丸山真男ほか　2　柳田国男▼徳富蘇峰▼三宅雪嶺ほか　3　佐藤一斎▼石田梅岩ほか　4　荻生徂徠▼伊藤仁斎ほか▼5　世阿弥▼北畠親房▼親鸞ほか　6　空海▼日本書紀ほか

鷲田小彌太著

四六判上製　定価3800円＋税

日本人の哲学2 文芸の哲学

978-4-905369-74-5

1戦後▼村上春樹▼司馬遼太郎▼松本清張▼山崎正和▼亀井秀雄▼谷沢永一▼大西巨人　2戦前▼谷崎潤一郎▼泉鏡花▼小林秀雄▼高山樗牛▼折口信夫▼山本周五郎▼菊池寛　3江戸▼滝沢馬琴▼近松門左衛門▼松尾芭蕉▼本居宣長▼十返舎一九　4室町・鎌倉　5平安・奈良・大和ほか

鷲田小彌太著

四六判上製　定価3800円＋税

日本人の哲学3 政治の哲学／経済の哲学／歴史の哲学

978-4-905369-94-3

3部　政治の哲学　1戦後期　2戦前期　3後期武家政権期　4前期武家政権期　ほか　4部　経済の哲学　1消費資本主義期　2産業資本主義期　3商業資本主義期　ほか　5部　歴史の哲学　1歴史「学」—日本「正史」　2歴史「読本」　3歴史「小説」ほか

鷲田小彌太著

四六判上製　定価4300円＋税

日本人の哲学4 自然の哲学／技術の哲学／人生の哲学

978-4-86565-075-4

パラダイムチェンジをもたらした日本人哲学者の系譜。「生命」が躍動する自然＝「人間の自然」を追求し、著者独自の「自然哲学」を提示する6部。哲学的に「技術」とは何かを問う7部。8部はヒュームの「自伝」をモデルに、哲学して生き「人生の哲学」を展開した代表者を挙げる。

鷲田小彌太著

四六判上製　定価4000円＋税

日本人の哲学5 大学の哲学／雑知の哲学

978-4-86565-034-1

哲学とは「雑知愛」のことである……知はつねに「雑知」であるほかない。哲学のすみか《ホームグラウンド》は、さらにいえば生命源は「雑知」であるのだ（9部）。あわせて世界水準かつ「不易流行」「純哲」＝大学の哲学をとりあげる（10部）。

鷲田小彌太著

四六判上製　定価3800円＋税

「日本人の哲学」全5巻（10部）完結